De Plattdüütsche Schrieverkring
twüschen Elv un Weser

Wo kann't angahn

De Plattdüütsche Schrieverkring
twüschen Elv un Weser

Wo kann't angahn

Bibliografische Information

Die Deutsche Bibliothek verzeichnet diese Publikation in der Deutschen Nationalbibliografie; detaillierte bibliografische Daten sind im Internet über http://d-nb.de abrufbar.

Gesamtherstellung, Verlag und Vertrieb:
Wirtschaftsverlag NW,
Verlag für neue Wissenschaft GmbH
Postfach 10 11 10
27511 Bremerhaven
E-Mail: vertrieb@nw-verlag.de
Internet: www.nw-verlag.de

1. Auflage 2010

ISBN 978-3-86918-020-5

Wat wo to finnen is

Vörweg

Wedder sünd een Reeg Riemel un Vertellen to'n Besinnen un Smuustern von de Autoren von'n „Plattdüütschen Schrieverkring twüschen Elv un Weser" opschreven, sammelt un as een bunten Struuß för use sösste Anthologie tohoop kamen. Un so as jümmer, sünd in de Geschichten ut usen Alldag veel egen Beleevnissen to finnen - un se sünd wahr - männicheen sogoor ganz wahr.

In elk een Eck/Rebeet/Kuntrei höört sik us Plattdüütsch een beten anners an. Man dat is in all de Spraken op de Welt so. Höörst du een Londoner mit een Texaner snacken, kunnst meist meenen, dat sünd twee verscheden Spraken. Un wenn du glöövst, dat kann't in Hoochdüütsch nich geven, denn luuster maal, wenn een ut Hamborg, een ut Hessen un een Badener - in Hoochdüütsch, versteiht sik - miteenanner snackt. Daar kannst du nipp un nau ruthöörn, woneem se tohuus sünd.

Worüm schall dat in Platt anners ween? Maakt düsse Ünnerschede nich jüst den Riekdom von us Heimaatspraak ut?

De Schrieverslüüd wahnt in dat hele Rebeet twüschen Elv un Weser. Wieldat wi för Platt twars Wöörböker - to'n Bispeel den SASS - aver keen Duden hebbt, bedingt dat uk regionale Ünnerschede in de Schrievwies. Een Help mag dat Glossar an'n End von düt Book ween.

Dat Lesen is een Saak för hüüt un morrn.
Dat Schrieven konserveert us Spraak.
Wat aver, wenn eens Daags dat nüms mehr verstahn/lesen kann ?
So mutt dat Snacken hento kamen.
Eerst all dree tosamen wahrt us Mudderspraak för de Tokunft.

Daarüm: Do wat - snack Platt - elk een Dag,
tohuus, bi de Arbeit, in'n Vereen, mit Kinner un Kindskinner.
Snack eenfach so, as di de Snavel wussen is.

De Platt snackt, kann een Spraak mehr.

Elsbeth Allers

Neenkarken (1920 - 2007)

Dat geiht nich

Von Maiblomen kannst keen Rosen moken.
Frische Supp kannst nich von oolt Fleesch koken.
Von Hähnchen warrt mienleev keen Jüchen.
Von Hering kannst keen Schellfisch tüchen.

Du ännerst uk de Minschen nich,
wat se nu klook sünd or nich.
Du wesselst woll Kledoosch un Hoot,
doch niemols blau un rodet Bloot.

Du bringst keen Snacksnuut ganz to'n Swiegen.
Mook wat du wullt - dat is gediegen:
So as du büst as lüttet Göör,
so sleit dat jümmer wedder dör.

Jüchen = Geräuchertes

De Welt een Blomengoorn

Mool schient de Welt uns dick von Dook,
mool liggt se as een opslogen Book.
Dat gifft so mennig griese Doog,
wo wi no'n Tietlang över lacht,
un gifft so mennig scheune Stünn'n,
dor magst di geern mool op besinn'n.

Denn veel to swoor is allns för een,
weer dat nu Glück or weer't de Noot.
Een mutt dat so gemeensom dregen,
denn leeft sik dat liekers recht goot.

Keen de Freud mit'nanner driggt,
un driggt tosomen de Ploog,
de kann sik glücklich heten,
för den gifft gode Doog.

Jümmer gifft noch Doog, de sünd wunnerscheun,
man begegent Minschen - dor kann'n sik to freun.
Mennigeen - mit een Foot in't Graff,
gifft noch von sien'n Moot wat af.

De ganze Welt schient mi een Blomengoorn.
Ik much se vör allen Schoden bewohrn.
Dat bläuht allerwenk - de Büsch un de Blööm
un wi bruukt uns blots dor an to freu'n,

Un de Steernnachten mookt uns so manchet kloor,
so as de Moondnachten - beleeft een in witte Hoor
ganz anners as in junge Johr'n.
Een mag sik över de Ogen fohrn
un frogen - wo bleven Tiet un Stünnen?
een „Puustsaf" in't Weltall - nix von to finnen.

Us Dörp, dat liggt as in'n Droom

Us Dörp, dat liggt as in'n Droom.
Slopen deit Busch un deit Boom.
Liesen, ganz liesen un sacht
koomt Steerns un de Moond düsse Nacht.

Slopen deit Busch un deit Struuk -
Minsch, slöppst so sachten du uk?
Nimm di doch wat von de Roh,
do sachten uk dien' Ogen to.

Jiepern noch Swulken in't Nest,
froog nich, wo goot du dat hest.
Froog nich - dat Leben is hart,
geiht stuur mit uns alle to Wark.

Allns Leven litt Noot,
allns barmt üm Glück un üm Broot.
Allns söcht no Sünn un no Licht,
de Ogen no boben opricht.

Herrgott - dat steiht in dien Macht -
geev uns de Roh düsse Nacht.
Schenk uns för morrn den Moot,
lehr uns gläuben, dat Leben meent' goot.

- Melodie: Leise rieselt der Schnee -

Keen Spier Vertroon

Dor grient een fründlich - de anner denkt:
„Wat hett de to grinsen? Ik heff em nix schenkt."
Ik nehm mi de Tiet un snack een poor Wöör,
dor is dat al meist een lüttes Mallöör.
„Kennst du den? - Wat geiht di de an?
Dat is doch för di een fremden Mann!"

Ik schrief an een, an den ik denk.
Dat flüggt mi so ut'n Handgelenk.
De anner leest dat un denkt bi sik:
„Soveel Wöör üm so'n beten Glück?"

Mitünner dücht mi de Welt so scheun,
will mool seggen in'n Fröhjohr,
allns bleuht, allns greun.
Villicht steiht mi Freud in de Ogen in,
heff villicht liesen lacht or blots grient.
De anner meent: „Wat's mi di denn?"

Un so lacht een mitünner wat an,
wat'n gor nich gau wedder los warrn kann.
Un welke meent villicht, ik will wat von jem hebben,
wiel ik Godes dä - or much jem wat seggen.

Un ik gruvel do noch so över no,
wo ik to'n Ümstiegen op'n Bohnhoff stoh.
Do kascht mi een Swatten mien Kuffer un grient,
as wenn de Sünn in Rhodesien schient.

Bumms bün ik bang, heff keen Spier Vertroon.
Ik meen, de will mi den Kuffer klaun.
He rennt de Trepp rop as man een,
ik sehg blots noch de Büxenbeen.

Ganz ut de Puust hool ik em in.
He weer jo goot wedder to finnen.
Sehg sien swattblauen Ogen, de brunen Hannen,
sien Mund bröch een poor Wöör to stannen.

De ganze Minsch dücht mi bitter alleen.
He wull wieder nix as mien „Dankeschön".
Wat feuhl ik mi scheußlich. Worüm sehg ik blots swart?
Wo weer mien Mitfeuhln? Wat sä mi mien Hart?

Horst Bäckermann

Bexhövede

De Olen

Bremerhaben gefallt mi ganz goot: de „Bürger" (Bgm.-Smidt-Straat), de Zoo an'n Meer (fröher de Tiergrotten), dat Theater, de Bürgermeister-Smidt-Gedächtnis-Kark, nu dat nee Schippfahrtsmuseum, dat Alfred-Wegener-Institut, dat Mediterraneo, dat Schaufenster Fischereehaben, de Haben mit all de groten Dampers ut alle Welt - ja, för Bremerhaben daar sleit mien Hart.

Geiht aber nix över Bexhövd! In Bremerhaben, daar loopt de Lüüd so an eenanner vörbi un kennt sik nich. Seggt sik nich maal Goden Dag. Wenn een in een Dörp geiht, daar kennt se sik all. Un all seggt se sik Goden Dag. Un wenn du up'n Dörp wahnst, un mit de Tiet, wenn du een beten öller worrn büst, denn kannst du na den Olennamiddag von'n Roden Krüüz hengahn. Daar kannst kamen, wannehr du wullt. Dat di dat daar goot geiht, daarför warrt sorgt. Schöön Tass Koffi un Botterkoken gifft dat daar. Denn kummt daar mal een un vertellt wat or leest wat vör. Daar warrt sungen un Musik maakt, een kann sik goot wat verteln. Hest dat daar al maal rötern hööört na'n Koffi, achterna? Daar is villicht wat los! Un all diene Wehdaag, wo du di anners jümmer so mit afplagen deist, de sünd weg - eenfach weg.

Later, veel later kaamt se meisttiets woller anflagen, de Wehdaag, aver för een paar Stunnen hest du se verdreven. Dat heet, dat stimmt gar nich! Verdreven hebbt de Froonslüüd von't Rode Krüüz dien Wehdaag. Un all de Lüüd, de di Freud brocht hebbt an dissen Dag, hebbt daarbi hulpen.

Hüdigendaags sünd de Olen ja egaalweg up'n Swutsch. Fröher geef dat ja noch richtige Ole. De olen Froonslüüd seten jeden Namiddag in'n Sessel in de Stuuv, een wullen Deek över de Knee un weern an't Knütten: Strümp to Hauptsaak, aver ok maal een wullen Ünnerhemd för de Jungs. Or se hebbt häkelt: lüttje Deken för't Büfett, för de Utstüür von de Deerns, or Daschendöker mit Spitzen ümhäkeln, dat kunnen se ok ganz wunnerbar.

De Froon fröher harrn jeden Dag swart Tüüch an: swarten Rock, swarte Bluus, swarte Strümp, swarte Schoh.

De Haar harrn se, gries or witt, glatt un schier na achtern kämmt un achtern seet een staatschen - or' n mickerigen - Dutt. Un all Lüüd wüssen glieks Bescheed, wenn se so' n Froominsch mit swart Tüüch sehgen: Dat is de leve Oma!

Un hüdigendaags? Wat is dat swaar, dat ruttokriegen, welke nu Omas sünd un welke nich? Bruukst di jo blots mal ümtokieken: dat wimmelt doch allerwegens von Omas! - Aver de seht all ut at junge Deerns. De sünd anners antagen, hebbt keen swart Tüüch an un keen Dutt up'n Kopp. Un daar schall een nu een Oma ruutfinnen. Also ik freu mi, dat man se nich mehr ruutfinnen kann. Dat se sik de Haar so schöön trechtmaken laat bi'n Putzbüdel, jümmer schick in Schale sünd, af un to maal up Botterfahrt gaht or na'n Harz in'n Urlaub föhrt - or wat weet ik. In'n Huus, in de Kööк un bi de Wäsch, daar sünd se lang noog ween. Nu schüllt se ok noch maal wat beleven!

Un de Mannslüüd? Jüst so! Fröher, daar seten de Olen up de Bank ünnern Boom vör't Huus. Harrn jeden Dag de ole, kommodige Manschesterbüx an mit de breden Dragbänner, de ole utrangeerte Schützenjack daarto un de Piep in'n Mund, un jedereen wüß glieks: dat is de leve Opa! Hüdigendaags föhrt Opa een groot Auto, is in'n Kegelklub un verreist na Mallorca. Hett he verdeent! Kannst seggen wat du wullt.

Nu is dat ja vondaag so Mood, dat de jungen Lüüd för sik leeft un de Olen för sik alleen trechtkamen mööt, blots wat dat man keen Larm un Striet gifft. Ole Lüüd kann man even nich bruken. Tsü - un daarüm föhrt se na Rügen, in'n Harz or na Mallorca.

Meisttiets sitt de Olen alleen to Huus. Sünd se aver maal nich to Huus, denn harr man se jüst so schöön bruken kunnt - to'n Inhöden von de Enkelkinner, to'n Plätten, Strümp stoppen or annerswat.

❁❁❁

Luzerneheu to Hilligavend
(Hilligabend up een Buernhoff)

Nu is bald woller Hilligabend. Nich blots för us Minschen, ok för de Deerten is dat een besünnert Fest. Daar gaht mien Gedanken Generatschonen trüch. Disse Geschicht hett sik so üm 1950 todragen.

De Froonslüüd harrn to doon mit Backen un Kaken un den Wiehnachtsboom trecht maken. De Jungkeerls un de beiden Lehrjungs brochen den Hoff up Schick un de Arbeit in'n Stall weer meist daan.

De Buerfro un de Deerns wullen dat Festeten up'n Disch kriegen, man all weern noch nich daar, all luurn up Fritz. Fritz, dat weer de Melker un Futtermester. Aver he keem nich. Daarför fung dat Veeh an to bölken. Irgendwat weer ogenschienlich nich in de Reeg.

De Buer keek na, wat daar woll loos weer. Wiel Hilligabend weer, harr Fritz de Swien een Schüpp vull Mehl mehr hendaan un de Keih schullen ok ehr Bescherung kriegen. Fritz harr Luzerneheu daalsmeten un an de Keih verdeelt. Luzerneheu is wat Besünners un hett een hogen Weert. Man blots de Keih kennen dat Luzerneheu nich un gungen daar nich ran. De weern dat Heu von de Wischen wennt.

De Buer sehg, wo dat togung. He haal den Jungkeerl un de beiden Lehrjungs in'n Stall, se schulln Fritz helpen, dat Luzerneheu woller up de Hill to steken un de Keih dat beste Heu von de Wischen vörtegeven. Daarna wöör dat in'n Stall ok woller ruhig un de Keih weern tofreden.

Na de harte Arbeit smeck dat Festeten duppelt so goot. Daarna wöör een fierlich Andacht holen, de Wiehnachtsgeschicht vörleest un all hebbt de Wiehnachtsleder mitsungen. Denn eerst - eerst denn keem de Bescherung un dat worr wedder een schöön Hilligabend.

Anna Birreck

Frelsdörp

De Drievjagd

Buer Hinnerk seet op een olen Stohl in de Schüündöör un knütt een Nett. Een ganz grodet Nett schull dat warrn, dat ganz över sien Höhnerhoff recken dä. Hinnerk sien Buernhuus stünn merrn in'n Holt, un blangenan in de groten Dannen harr de Hoovk sien Nest. Wenn de in Fröhsommer Junge harr, hool de sik gor to geern een or mehr von Hinnerk sien Höhner. Dorüm knütt he nu dat Nett.

Egentlich wahnen Hinnerk un sien Fro dor jo ganz ruhig merrnmang in'n Holt. Bueree bedreven se al lang nich mehr. Se weern beide jo al wiet in de tachentig. Sünst kemen se over mit jümehrn Alldag noch ganz goot kloor, un Hinnerk verdreev sik de Tiet mit siene Höhner un even mit Nettenknütten von ole Strohbannen. Af un an möök he dorvon ok noch mool een dicket Wogentau or een Footmatt - allens so as he jüst Lust harr.

Wenn dat no'n Ovend togüng, harr he noch een wichtige Arbeit. Denn fudder he de Hirsche in'n Holt mit Kantüffelschäll un Fallappels. Al in de Schummeree kemen se bit dicht an dat Huus ran. Dat weern tomeist so veer or fief Stück. Se weern ganz totrolich un lepen ok nich weg, wenn dat Automotiklicht angüng. De beiden olen Lüüd keken denn ut'n Finster un frein sik över de feinen Deerten. Een wat Lüttjers weer dorbi. Dat keek ganz besünners plietsch.

Hüüt worr de himmlische Roh in Holt ganz gewaltig stöört. De Jägers möken Drievjagd. All Ogenblick knall dat dor in de Dannen, un dat geev Hinnerk jedetmol een Stich in't Hart. „Wenn se blots nich all mien Hirsche dootscheet," meen he bi sik. Dorbi dach he an de, de avends bi jem vör de Döör ehr Ovendbrot kregen.

Op eenmol keem dor wat ut'n Holt ansuust un flöög meist op Hinnerk to, un blitz an em vörbi un rin in de Schüün. Hinnerk harr noch sehn, wat dat weer.

De lütte Hirsch weert. Hinnerk, de sünst al bannig stökerig op de Been weer, sprüng op as een Jungkeerl. Stohl weg - Schüündöör dicht - dat güng allns in'n Galopp.

„So, denn kööнt se di nich dootscheten", sä he to sik sülvst. Denn müß he sik eerstmool hinsetten un deep Luft holen. Dor harr he den lütten Hirsch jo woll jüst noch maal dat Leven rett.

Eerst as in Holt allens ruhig weer, un al de Schummere övert Land keem, möök he de Schüünendöör wedder op. No een Wiel keem de lütte Hirsch ut de Schüün ruut un spazeer langsom no den Fudderplatz an'n Huus to, wo al de Kantüffelnschällen un Appels för em prootlegen. De groten Hirsche aver kemen nich mehr, an dissen Ovend nich un loterhin ok nich.

❁❁❁

Ehrlich

Wenn de Harvst denn so rusig över't Land tüht, kriegt de Lüüd dat besünners hild, dat se man gau üm Huus un Hoff rüm noch allens op de Reeg un winterfast maakt. Ok ik harr noch so allerlei op'n Plaan.

So wull ik kort vör Dodensünndag noch maal even op'n Karkhoff allens toschick maken. Ik pack Danngröön un een Gesteck in't Auto un soch denn noch no Escher un Hark. De beiden Delen stünnen aver nich op jümehrn Platz. Dammi noch maal, ik harr dat doch ielig, wo harr ik de denn blots hinstellt. Harr de villicht annerseen ut de Familie bruukt un nich wedder op'n Platz brocht? Ik fröög dorno.

Nee - keeneen harr mien Goorngeschirr hatt. Irgendwo müß dat doch over ween. Mien Mann keem mit de slaue Froog: „Woneem hest du dat denn toletzt bruukt?" Dat wüß ik so gau ok nich. Ja - woneem blots? Ik leet in mien Kopp de Week trüch lopen. Gor nich so eenfach, un ik kreeg dat kuum allens tohoopdacht. Ja, ik weer in'n Naverdörp ween un harr för mien Tante, de al wiet in de tachentig is, den Karkhoff toschick maakt.

Schull ik mien Gescheer dor bi't Graff vergeten hebben? Dat worr jo al schummerig, as ik dor mien Sövensoken in't Auto laden dä. Dat weer aver jo al akkroot een Week her. Denn kunn ik mien Kraam woll afschrieven. Ik wüß dat over eenfach nich, un dorüm reep ik bi mien Tante an. Fehlanzeig - nee - se weern ja al no'n Karkhoff hinween. Fein fardig maakt harr ik dat dor - jo, aver Escher un Hark harrn dor nich legen - nee, de harrn se nich sehn.

An meersten arger mi ja, dat mien schöne nee Escher weg weer. Den harr ik för'n Jahr eerst schinkt kregen von mien Swiegersöhn, un he harr sogor mien Noom in'n Steel inbrennt, dormit ik den jümmer wedderkennen dä. Vör een paar Jahrn harrn se mi nämlich bi uns op'n Karkhoff in Dörp al maal een Escher klaut. Ik weer doomals blots een knappe Viddelstünn weg un harr een paar Blomen nohoolt. Un weg weer damals mien Escher von de Graffsteed.

Dor bruuk ik nu no een ganze Week ja woll ok nich mehr no mien Escher un Hark to söken. Over so richtig Roh harr ik dor ok nich von. As ik denn bitiets mit mien Arbeit toschick weer, dünk mi, ik kunn doch maal even na't Naverdörp föhrn un kieken, of dor ok würklich mien Handwarkstüüg nich liggt. Dacht un doon. Vör'n Karkhoff op de sülvige Stell, wo ik vör een Week ok stahn harr, stell ik mien Auto af. Jüst dor ünner den groten Eekboom harr ik stahn, blots in de een Week weern von den Boom doch wohrhaftig meist all Blöer hindaalfullen. Een dicke Loofdeek leeg ünnen.

Man wat keek dor för'n Steel ut de Blöer rut? Ik steeg ut un keek na. Dor weer ja noch een Steel to sehn, un dor weer een Krück an - un de Steel höör to mien Escher - jawoll un A. Birreck weer in den Steel inbrennt.

Dat weer jo woll nich to glöven, vör mi leeg mien Goorngeschirr, un dor harr dat de ganze Week legen. Dor harr ik dat eenfach vergeten, as ik mien Auto inpackt harr. De ganze Week - ik kunnt kuum glöven - un dat direkt an de Dörpstraat, wo dat doch jedereen sehn kunn. Keeneen harr dat mitnahmen, keeneen harr dat klaut. Wenn dor ok noch soveel von Klauen un Bedregen in de Zeitung steiht, dat gifft doch noch ehrliche Lüüd. Doröver heff ik mi freit, un ok doröver, dat ik mien Geschirr wedder harr.

Keih smöökt jo nich

Mit dat Smöken hebbt se dat üm disse Tiet ja nu maal gewaltig. Dat schall ja so schädlich ween. Wenn maal bi'n Kröger rinkickst, kannst woll een Beer drinken, over smöken dörvst in de meersten Lokolitäten nich mehr. Op jedet lüttje Paket Tobak un op de Zigarettenschacheln steiht to lesen, dat di dat Smöken schaden kann un dat dor sogor von doot blieven kannst.

Seker is dor wat Wohret an, blots de Staat hett jo bit nu ok fix Tobakstüür inheimst. Na ja, ik kann dor slecht över ordelen. Ik smöök jo nich, un mientwegen bruukt all de annern ok nich to smöken.

Wenn ik denn so an fröher un an den olen Opa Meiners dinken do. De Keerl weer ja ohn sien Piep goor nich richtig antogen. Morgens no'n Opstohn eerstmol de Piep in't Gesicht, un denn kunn dat Dagwark losgahn. Avends to Bettgahnstiet leed he sien Piep op'n Nachtdisch, un somit weer de Dag vör em goot lopen.

Op de Oort is he över negentig Johr oolt worrn. Krank weer he egentlich nie - bit op eenmol. Dat weer in'n Sommer in de Hauoornt. Opa Meiners wull de een Wisch dörchrickeln. De een Hälft schulln jümehr Beester affreten, un de annere Hälft wulln se för Hau afmeihen. Bi dat Rümhanteern mit Stickeldroht un Weidpöhl full em doch op eenmaal sien Piep ut'n Mund. De weer woll al een ganze Wiel leer smöökt un utgohn, over de Hauptsook för Opa Meiners weer nu maal, dat he sien Traankoker noch in'n Gesicht harr. Jo - un nu weer de daalfullen in dat hoge Meihgras.

Opa Meiners füng glieks an to söken. Dat Gras weer jo bannig hoch, ober so'n Piep müß doch wedder to finnen ween. Opletzt seet he al op de Knee un grabbel dat Gras Stück för Stück af. Nütz allns nix, de Piep bleev verswunnen. Ohn Piep wiederarbeiden - nee - Opa Meiners güng eerstmaal na Huus. De Familje wunnerwark: „Opa, hest du den Tuun al fardig?" - „Nee, heff mien Piep verloorn!" Na Opa Meiners sien Stimm to ordeeln weer dat Alarmstoop dree.

Se versochen em goot totosnacken: „Opa, du hest doch noch een Piep. Nimm de doch eerstmaal. Wi wüllt doch ok de Beester hüüt noch op de Wisch drieven." Opa Meiners grummel sik allerlei in'n Boort von wegen: „De Sünndagspiep, de geiht nich för alle Daag, de

Lü'09

is to schaad un een Geschenk von mien Broder ut Amerika, un överhaupt - de smeckt ok nich."

Opletzt stevel he denn aver doch in de Dönz un hool sik de nee Piep ut'n Schapp. Dat weer wohrhaftig een Smuckstück ut fein Mahagonieholt un mit een Elfenbeenmundstück un een gollen Ring op'n Piepenkopp. De Piep harr blots een Nadeel - se smeck em nich. Opa grummel sik dor so mit över de Daag un weer meistiets gnadderig. Oma broch em ut de Stadt noch een annere Piep mit. Dat nütz ok nix, de smeck Opa ok nich. Nix weer för Opa mehr so as fröher. De Familje möök sik reinweg Gedanken un meen al, Opa müß woll maal na'n Dokter. Dat wull he nu al lang nich - nee - he harr woll blots de „Piepenkrankheit".

So güng de Sommer hin. Dat Veeh keem in'n Stall. Opa Meiners holp woll bi'n Fuddern mit, aver he quark un nödel över allens wat üm em to weer. Eens Morgens feeg he de Fudderkrüpp vör de Keih mit'n Bessen rein. So'n beten Hau un noch so wat Düstert leeg dor in. Opa wull dat jüst so mit Swung rutfegen, as he ober doch noch mool nipp hinkeek. Do sehg he, wat dor in de Krupp leeg. Sien Piep weer dat - wohrhaftig, sien ole Piep. De Bessen flöög achterruut. Opa schnapp sik sien Piep un weg weer he. Eerst müß he nu maal sien Piep reinmoken un fein putzen. Richtig Schrammen harr dat gode Stück kregen. Harr woll ok so allerlei mitmaakt.

As Opa Meiners sien Piep blitzblank harr, keem dor Tobak rin, un denn worr se in Brand sett. As he dorno wedder in Stall keem, do lach he wedder, - achter een dicke Rookwolk lach he över dat ganze Gesicht - dat eerste maal wedder na een half Johr. Opa Meiners weer wedder gesund. Man goot, dat de Keih mit de Piep nix anfangen kunnen. De smöökt jo nu maal nich.

Mümmel sien Wiehnachtsboom

De Winter harr sik to rechte Tiet ankünnigt. Al Enn November füng dat an to freern un to sneen, un so güng dat ok wieder bit in de Wiehnachtstiet rin. Op Büsch un Bööm leeg dick de Snee. Dat weer för de Deerten in'n Holt nich so goot. Besünners slimm weer dat för de Jungen von't letzte Jahr. De weern dat eerste Maal op sik alleen anwiest un müssen sehn, dat se Fudder finnen dään. So güng dat ok den lütten Hasen Mümmel.

Sien Hasenmudder harr to em seggt: „So, mien lütt Mümmel, du büst nu groot noog. Du kannst di sülvst dien Fudder söken. Wenn dor toveel Snee liggt, muttst du den mit dien Poten biesiet kratzen. Denn findst du dorünner noch noog Gras. Wat ik di noch seggen wull, mien leeve Mümmel: Dor loopt üm disse Tiet allerlei Lüüd in Holt rüm. För de, de een Saag or Biel in de Hand hebbt, bruukst keen Angst to hebben. De wüllt sik blots een Wiehnachtsboom holen. De annern aver, de een Flint över de Schuller hebbt, de sünd gefährlich. Dat sünd Jägers, un de wüllt sik een Hasenbroden scheten. Vör de versticks di an besten ünner'n dichten Dannboom. Schull di Reinke de Voss maal begegen, denn neih ut. Du kannst seker gauer lopen as he. Nu seh to, lütt Mümmel, dat du kloor kummst."

Dormit verswunn de Hasenmudder in de dichten Dannen, un lütt Mümmel weer alleen - ganz alleen. An'n annern Enn von Holt keem von de Wischen her eene Vossmudder mit ehren Jüngsten anlopen. Ja - un de Vossmudder snack meist dat sülvige as de Hasenmudder. Se sä: „So, mien lütt Rootsteert, du büst nu lang noog achter mi ranlopen un hest di ok lang noog von mi fuddern laten. Af hüüt muttst du dien Müüs sülvst griepen. An de Grabenkant vör de Wischen sünd noch Müüslöker noog. Dor paß man'n beten op. Wenn du maal een gröttern Braden footkriggst - villicht een jungen Kaninken or een Haas, denn hest bannig Glück hatt. Dor bi de groten Dannen is een verlaten Dachsboo. Dor kannst jo eerst maal in wohnen, bit du di in Fröhjohr sülvst een Boo graavt hest. Wenn dat irgendwo in Holt knallt, denn neih ut, mien Lütten. Denn sünd Jägers ünnerwegens. De hebbt dat bannig op uns afsehn. Un nu veel Glück, Rootsteert." Mit een paar grote Sprüng weer de Vossmudder in'n Busch verswunnen.

Un nu stünnen dor twee junge Deerten alleen in Holt, in Snee un müssen eerstmaal överleggen, wo se wat in'n Liev kregen. De Voss güng toeerst maal na de Müüslöker an'n Groben. De Lueree, bit dor

maal een Muus ut't Lock keem, duur em doch gor to lang. He wull maal sehn, wat in'n Holt los weer.

De lütt Hoos hoppel ok los, kratz hier un dor een beten Gras free, aver so richtig smecken wull em dat nich. Op eenmaal kemen dor een paar Minschen in't Holt rin. Se harrn een Saag bi sik un snacken miteenanner. Se bekeken de lütten Dannbööm dor vörn. De een meen: „Dat is doch keen Wiehnachtsboom, veel to lütt." De anner meen: „Disse aver ok nich, de is veel to spiddelig." So güngen se von een to'n annern, aver keen Dannboom weer jüm recht. Mümmel verstünn dat nich, för em sehgen de Bööm all övereen ut.

Woneem kunn een dat blots an sehn, wat een richtigen Wiehnachtsboom weer? He bleev achter een lütten Dannboom sitten un kratz sik een beten Gras free. De Boom weer ganz dick vull Snee, un Mümmel kunn man knapp twüschen de Twiegen dörkieken. Wat he ober dor to sehn kreeg, dat maak em bannig Angst. Op de anner Siet von den Dannboom seet een Voss un keek em lurig an. Weglopen - wiet weglopen, harr sien Mudder to em seggt, over he kunn nich. He kunn sik vör luter Angst eenfach nich rögen. - „Dat is jo maal fein, dat ik glieks een lütten Hasen funnen heff," dach de lütte Rootsteert. He müß den jo blots noch griepen. Wo aver schull he dat angahn? De Hoos seet ja op de anner Siet von den Dannboom. Eenfach dör de Twiegen springen, ja - dat müß gahn. He möök een Satz op den Boom to. Over do passeer wat Gräsiget. Koolt un natt full dat op em daal un keem em in de Ogen, so dat he nix mehr sehn kunn. He wüß nich, wat los weer, kreeg dat gewaltig mit de Angst un neih ut. Blots weg von den Boom. Dat dat blots Snee weer, wat op den Voss doolfullen weer, dat kunn he jo nich weten. Soveel wüß he von Snee noch nich af. De lütte Haas harr de Ogen dichtknepen un vull Angst op sien Enn töövt, aver nix passeer.

Sinnig möök Mümmel de Ogen wedder op. De Voss weer verswunnen. Von den Dannboom weer an een Siet de Snee affullen. Mümmel överleeg: Denn harr de Dannboom den Voss mit Snee smeten un em dormit dat Leven rett. Dat müß jo een besünnern Dannboom ween. Ja, dat weer ganz seker een richtigen Wiehnachtsboom. Ok fein Gras weer dor bi den Boom ünnern Snee to finnen. As Mümmel satt weer, kröóp he ganz wiet ünner de ünnersten Twiegen un slööp in. He drööm een wunnerboren Droom von sien Wiehnachtsboom.

❅❅❅

Prozente

Wenn üm düsse Tiet in de Zeitung kickst, Jungedi, denn kannst meist nich ümhin, lostoföhrn na Stadt. Dor kannst jo soveel spaarn nu. „Bei uns sparen sie zwanzig Prozent," heet dat in een Laden. De annere hollt dorgegen un gifft op alle Soken dörtig Prozent. Op een feinen Teppich kannst sogor föfftig Prozent kriegen. Wenn een Kassen Wien köffst, kriggst een Buddel un twee Glääs överher. Kannst meist nich ümhin, du mußt köpen, wo doch soveel sparen kannst. Dor lees ik doch bi de Spaarkass:" Bei uns bekommen sie bis zu sieben Prozent für ihr Geld!" Blots söben Prozent, dat is ja lächerlich. Hebbt de denn nich sehn, wat de annern Geschäften all geevt? Ober mi schall dat egol ween, ik heff mien Daschen al lang leddigspaart.

Bloots een Droom

Annerletzt harr ik een wunnerbaren Droom. Ik güng över unse Wisch an de Geest dör dat kneehohe Meihgras. Vörsichtig sett ik een Foot vör den annern, üm ja nich toveel Gras dooltopedden. Dat Schöönste aver weern all de Blomen, de dor bleihn. Ik fung an, mi een Struuß to plücken. Oh, wat funn ik dor all för feine Blomen - Margeritten, Mohn un Bodderblomen, un an de Grüpp no de Geest daal stünnen blaue Vergissmeinnicht. Ok Kukucksblomen un dat fiene Zittergras werrn dor mang. Weet hüüt öberhaupt noch een, wat Zittergras is? Ik heff dat al lang narms mehr sehn, dit zarte Gras mit de lüttjen Harten an, de in'n Sommerwind so nüdlich fladdert. Mien Mudder soch dat fröher jümmer. Dat weer ok dröögt in Winter noch schöön. Mi möken de bunten Blomen glücklich, un ik harr al een dicken Struuß plückt. Op eenmol keem een Windstoot von achtern un reet mi de Blomen ut de Hannen. Ik kunn se nich holen, un ik wook op. Mien Hand harr noch togrepen - in't Koppkissen rin. Weg weer de Droom un de schönen Blomen ok. Schaad - aver Drööm kannst nich fastholen.

❁❁❁

Ganz vörnehm

Mien Mann wull sik een Doos Farv ut'n Boomarkt holen. Ik bleev solang in Auto op'n Parkplatz sitten. Blang uns park een nagelneen, blitzblanken Ford. Oh, sehg de fein ut.
Dor kemen ok al de Lüüd, de dorto höörn dään. Ach, de weern jo so wat von nobel, so'n feine Kledoosch harrn de an, un vörnehm weern se ok. De Mann möök sien Fro de Autodöör op un leet se mit een „Bitteschön" instiegen. Junge, dach ik, wat'n Bildung!
He bleev noch een beten buten stohn un smöök noch een Zigarr. De Fro wickel sik een Bontje ut. Mit een Papeerdaschendook putz se sik vörnehm Mund un Nääs af. Denn dreih se de Finsterschiev een beten daal.
Se bruuk woll frische Luft, dach ik. Ober nee, se smeet dat Daschendook mitsamt dat Bontjepapeer eenfach rut. Schiev wedder hooch. De Mann smeet sien Stinkerstummel ok weg, spee noch sien Kaugummi ut un steeg ok in. Jo, un denn föhrn se weg - de vörnehmen Swienegels!

Hand in Hand

Een lüttje Kinnerhand in een grote Hand - lüttje Fööt goht blang di an. Se hebbt Last, mit di Schritt to holen, aver se schafft dat. Kinnerogen kiekt to di op, groot un vuller Vertroon. Dit Vertroon drööft wi nienich enttäuschen.
Leider gifft dat op unse Welt soveel Leegheit - soveel Minschen, de dat unschüllige Vertroon von de lütten Hannen utnützt, missbruukt un jüm weh doot vör't Leben lang. Dat is slimm. Wi mööt unse Ogen openholen un jümmer wedder versöken, dit Unrecht to verhinnern. Een lüttjet Kind mutt glöven können, dat goot un richtig is, wat de grote Minsch deit. Veel Leev geiht dor von de lüttje Hand in de grote un von Hart to Hart.
Lüttje Hannen sünd unse Tokunft. Wi schullen se goot plegen. Denn warrt von de lütten Hannen grote Hannen, de stark noog sünd, wedder lüttje Hannen to holen. Glööv mi, in so lüttje Hannen liggt de Tokunft un dat Glück von unse Welt. Wi mööt oppassen, dat dat nich tweimookt warrt.

❁❁❁

Sluurfuust

De lüttje Lena weer mit ehre knapp twee Johr würklich een plietsche Deern. Se kunn al so fein snacken -ja - de lüttje Snavel stünn meist den ganzen Dag nich still. Ok alleen eten wull se al, blots se nehm dorbi jümmer wedder den Lepel in de „verkehrte" Hand. De Verkehrte, dat weer de Linke. Dat wull ehr Mudder nu afsluut nich toloten un geev ehr den Lepel jümmer wedder von de linke in de rechte Hand un sä to dat lüttje Krööt: „Lenadeern, du muttst jümmer den Lepel in de „liebe" Hand nehmen."

Lena ehre unschülligen Kinnergedanken kemen reinweg in de Bedrullje. Weer ehre een Hand denn nich so „lieb" as de annere? Gediegen, de sehgen doch beide övereen ut un reinwuschen harr se de morgens doch ok beide. Wenn Mudder dat over seggen dä, müß dat woll stimmen, se harr blots een „liebe" Hand. Jüst mit de Hand over güng dat mit den Lepel nich so goot. Richtig slimm worr dat over eerst, as Lena ehr eerstet Maalbook kreeg. Oh, wat möök dat för een Spaaß, mit de bunten Stiften de Biller antomolen. In wat för een Hand aver harr Lena den Stift? In de linke, dat güng even veel beter. As Mudder dat sehg, oh, do weer dat Mallöör groot. „Deern, Lena, dat geiht nich, nimm gau den Maalstift in de „liebe" Hand. Zhüh, so, anners warrst du an'n End noch een Sluurfuust."

Dormit höör Lena dat Woort Sluurfuust dat eerste Maal. Se harr jo woll nich blots een „liebe" un een „böse" Hand, nee, de böse Hand weer ok noch een Sluurfuust. Lena wüß jo nich so recht, wat dat bedüden schull, blots soveel begreep se, dat de Hand, de se am leevsten nöhm, woll nich veel dögen dä. Mudder paß ok gewaltig op, dat Lena jümmer bi't Eten, bi't Malen un ok to'n goden Dag seggen bi Oma de „liebe" Hand nehm. Richtig slimm worr dat eerst in de School. Dor schull jo nich blots maalt warrn, nee, dor müß se jo richtige Bookstaven schrieven. Wenn de Lehrer maal jüst nich hinkeek, nehm Lena gau wedder de linke Hand. Dat weer aver meist nich von Duur. De ole Lehrer Peters paß op as'n Luchs. „Lena, hier wird mit der rechten Hand geschrieben!"

Lena schööt jedetmol in'n Dutt bi sien scharpe Stimm. Se harr eenfach keen Chance. In de School paß de Lehrer op un to Huus Mudder. Lena lach nich mehr soveel as vörher, un se quääl sik bannig dormit af, de Bookstaven un Tallen mit de rechte Hand to schrieben. Se hett dat wohrhaftig lehrt. Een Sluurfuust, so as Mudder jümmers maal wedder seggen dä, wull se doch nich ween.

Na een poor Johr in de School keem aver dat Ünnerrichtsfack Handarbeit dorto. Dormit füng för Lena dat Unglück eerst richtig an. Dat Schrieven mit de rechte Hand harr se jo mit veel Mööh lehrt, aver as se denn mit de Scheer een Stück Papier för een Papierhoot liek tosnieden schull, kreeg se dat nich kloor. Scheer in de rechte Hand güng överhaupt nich, nee, Lena kunn door eenfach nich liek an langs snieden. Se nehm de linke Hand. Dat kreeg dat Handarbeitsfrollein glieks to sehn un schimp forts los: „Die rechte Hand bitte, und das sofort!"

Sofort güng al gor nich. Lena leet de Scheer sacken. Tronen lepen över ehr Gesicht. Weer se denn soveel slechter as all de annern? Blots wiel se dat nich mit de vörschreven Hand kunn? Dat nehm ehr allen Moot. Se foot de Scheer nich wedder an, an den Dag nich un an all de annern Daag bi'n Handarbeitsünnerricht ok nich. „Wenn ik dat denn nich so kann as de annern, denn kann ik dat even nich. Ik bün denn een dumme Sluurfuust," dach Lena. Dat Frollein versoch dat noch een poormol mit Schimpen un ok mit goot Tosnacken. Dat nütz aver allens nix, Lena foot keen Scheer wedder an, un as de annern togang weern mit Schörten un Hemden neihn, do verdreev Lena sik de Tiet mit Knütten un Häckeln. In'n Tüügnis geev't dorüm för Lena in Handarbeit ok blots een veer.

Loterhin schull Lena denn jo lehrn, wo man bi Disch örnlich mit Mess un Gobel eten deit. Dat heet Mess rechts, Gobel links. Bi Lena ober güng dat blots ümgekehrt. Dat kunn ok Mudder ehr weder mit Schimpen noch mit gode Wöör bibringen. Güng eenfach nich, un Lena bleev jümmer wat eernst un nodinkern. Se weer nu mol een Sluurfuust, un dor harr se lang ünner to lieden.

De Johrn güngen in't Land, un ut de lüttje Lena worr een junge Froo un Mudder worrn. Ok de Tieden harrn sik ännert, un keen Minsch keek mehr minnachtig, wenn een Scheer oder Mess in de linke Hand nehm. Von een Sluurfuust snack keeneeen mehr, un dat weer een Glück för Lena. Se hett fix Kleder un Büxen för ehre Kinner neiht, un allens mit links tosneden. Dat Lachen keem in ehr Leven torüch un se sung vergnöögt för sik hin, wenn se mit ehr Sluurfuust Kantüffeln schällen dä. Hüüt is Lena al lang een vergnögte Oma.

Un wat noch to seggen weer - twee von ehre Enkeljungs sünd ok Linkshänner. Se drööft hüüt aver ok in de School mit de Sluurfuust schrieven. Ja, un Lena lacht un freit sik dorto.

Anneliese Braasch

Stemmen

Carpe diem

Carpe diem

En Ünnersatz ut Keramik liggt siet Jahren in mien Kööк. Dor is een lütte swatte Katt op un blangen ehr is to lesen: Carpe Diem. Carpe Diem heet soveel as nutze den Tag. Uns Modder weer na düt Motto jümmers düchtig achter uns ran, dat allens sienen Schick kreeg. Deensten, also Personaal, harrn wi tohuus nich. Woans een also mit so Lüüd ümgeiht, heff ik mi bi ehr nich afkieken kunnt.

1948 kemen wi as Butenhamborger na Hamborg trüch. Wahnungen weern knapp un so weern wi dörch den eenen Dreih un annern Kneep bi unsen Tähndokter inquarteert: Uns Riek weer een grote Stuuv un een Afstellkamer in'n Keller. Denn weer dor noch de Nootkööк, wo wi uns ok waschen müssen. Dat WC müssen wi uns mit den Dokter siene Patienten delen.

Uns Dokter un sien' Froo weern feine Lüüd. Sogor to de Tiet harrn se een Deenstdeern. Frieda hett se heten. Se weer al een beten wat öllerhaftig un harr na mien Menen een Splien: Egaalweg Kummer mit de Mannslüüd, dat heet egentlich ahn Mannslüüd, de na den Krieg „Mangelware" weern. Se huul bi jede passende un unpassende Gelegenheit uns Modder vör, wat se mit de Keerls wedder Gresiges beleevt harr.

Eerst heff ik jümmers de Ohren opsparrt, man denn weer dat för mi doch nix Nee't. Ik wüss al Bescheed dörch de Kökenleeder, de Oma jümmer sungen harr. Man dat Deensten blots lütt Geld för ehr Arbeit kregen un veel arbeiten müssen, wieldess Madam mit Koppwehdaag op dat Sofa liggen dä, dorvun kunn ik mi nu sülvst övertügen; ok dat Deensten jümmers een beten wat „gediegen" weern, Spliens un Macken harrn. Friedas tweete Splien - na de Mannslüüd - weern Böker. As se de Stellung wesseln dä, trock se mit twee grote Kuffer vull Groschenromane ut.

Uns Modder kreeg een gode Positschoon in ehr Firma, müss dorför avers lang un veel arbeiten. Se hett sik denn för Huusholt un de Trepp ok een Putzfro nahmen. Dor harrn wi aver al een egen Wahnung.

Keen fröher in een Hamborger Mehrfamilienhuus wahnt hett, kennt dat. De Trepp weer to de Tiet meist wichtiger as de Huusholt. Ümschichtig weern de Mieter mit Reinmaken an de Reeg. Wenn de

Trepp nich akkraat an'n Sünnavend püük weer, geev dat Krach mit de Navers. „Ich kann nicht, ich habe die Treppe", weer Grund noog, een Vergnögen or een Inladung aftoseggen. De Entschulligung wöör jümmers annahmen.

Modder wüss na mien Menen nich, mit Deensten ümtogahn. Een Dag, ehr dat de Fro keem, füng se an, sülvst reintomaken. „Blots, dormit dat Gröffste weg is. Wat schall de Fro anners vun mi dinken?" sä se denn. Dat weer nu een Splien vun uns Modder. As ik denn as au pair na London güng, lehr ik nich blots Land un Lüüd kennen, nee, ik kunn sülms beleven, woans dat togeiht, wenn een Personal hett. Dat geev dor een Kööksch, een Butler, een Schüerfro, een Goorner, een Chauffeur un mi. Kiek, dat weer Personaal, wat dor avers „stuft" heten dä.

Man de Lüüd harrn nich blots Geld, se harrn ok „Klasse", anners kann ik dat nich nömen. Uns Madam behannel ehr Lüüd op distanzeerte Aart fründlich un keek ok mal över ehr Spliens weg, t.B. wenn de au pair-Deern ut Spanien jümmers so veel Peperonis eten dä, dat de Doktor nachts kamen müss. „Heimwehdaag", meen Mrs. B. as Entschulligung. Blots as se so veel dorvun eten harr, dat se in't Krankenhuus müss, hett uns Lady ehr achterran na Spanien trüchschickt.
As de Kööksch mal Urlaub harr, hett de Deern ut Bayern, de denn keem, Madam ehren schönen nee'n Badeswamm in Stücken snippelt un in den Pott Gulasch smeten, wo na ehr Menen dat „Schwammerl" henhöör. Ik heff ok dat eene Mal, as de Kööksch un de Butler ehren free'n Dag harrn, den Koffi maakt. Man dat is een anner Geschicht.

1961 müss mien Mann för sien' Firma na Damaskus. Uns Deern, de jüst een half Jahr oolt weer, un ik schullen mit. He kreeg een Chaffeur un ik een Hölp för'n Huusholt. Grote Firmen sett so wat mennigmal vörut, vunwegen den goden Indruck un so. Nu harrn wi also „Personaal", man licht weer dat nich. Farideh, so oolt as mien Modder, nehm mi forts de ganze Arbeit ut de Hand un wull partout dat Seggen bi't Tolehren vun uns Deern hebben. Wi hebbt uns arrangeert, denn sünst weer an ehr nix uttosetten.

Anners leep de Saak mit den Chaffeur af, de mi to'n Inköpen fohren schull, dormit mi ünnerwegens in den Souk, as de Basar dor heten deit, keen frömden Keerl angrabbeln dä, jung un blond as ik weer. Ik harr mi jo nich mal verstännig maken un to Wehr setten kunnt, denn Arabisch snacken kunn ik nich. De gode Mann leev na dat Motto „Mannshand baven" un harr sik noch nie wat vun een Froominsch seggen laten müsst, un een „Chef" weer ik jo nich. Also föhr he mi dorhen, wo he hen wull. Dat weer he so wennt.

Telewischen harrn wi to de Tiet nich, un as he mi ok noch vörschrieven wull, wat för een Film ik mi ankieken dröff un mi jümmers wedder vör dat falsche Kino föhr, heff ik Larm maakt. Vun de Tiet an wies he mi sien' Tahn, wenn he mi blots seeg, man ik keem tominnst dorhen, wo ik hen wull. As wi ümtrecken müssen, bleev Farideh in Damaskus trüch. In Kamishly kreeg ik een Fro in mien Oller to Hölp, avers nich lang. Se harr nich blots keen Splien, se kunn sik ok nich goot rögen, dor kunn ok ehr wunnerschönen Nomen Aida nix an ännern. Hölp Nr. 3 weer een junge spiddelige Deern vun 16 Jahr, de utseeg as weer se kuum 12 Jahr oolt. Se back as Pick an miene Hacken, keek sik allens nipp an un weer bannig stolt op ehr Doon. Lang beholen kunn ik ehr liekers nich. Jümmers wenn wi nich to Huus weren, rüüsch se sik mit miene Kosmetik op un möök denn „Führungen". Wi kemen dor över to, as ehr ganze Familie bi uns op't Sofa sitten un Koffi drinken dä. Wat se Intritt dorför nahmen hett, heff ik nich rutkregen.

Trüch in Düütschland heff ik mienen Kraam denn eerst mal alleen maakt. Man as dat mit de Tourneen losgüng, bruuk ik doch wedder een Hölp. Dat weer nich licht, de Richtige to finnen. Een kunn Dien un Mien nich utenannerhollen, de anner harr dat so mit de Reinlichkeit, dat se meist dat ganze Huus ünner Water setten dä. Avers dor weer ok „Tatta'" (Tante kunn uns Jüngste noch nich utspreken), de harr ik an leevsten för Eegen annahmen. As se Oma warrn schull, müssen wi uns trennen.

Un denn keem Fro Pultermuus. Natürlich hett se anners heten. Se weer düchtig un een Seel vun Minsch, möök avers een Barg Larm, un in de 15 Jahr, de se bi mi weer, güng allerhand twei. Se much jümmers geern een Woort snacken un harr dat bannig mit Frömdwöör. So vertell se mitünner vun een „Riechlingshoff", wo se un ehr Mann mal wedder west weern.

Ik dach toererst an een Buurnsteed, man dat weer nix anners as de Recyclinghoff, wo se Schietkraam henbrocht harrn. Se snack vun europäische Schoh, as se Inlagen bruken dä un vun de transpirische Iesenbahn, wo se geern mitfahren wull. Aluminium weer bi ehr Anninium un jüst harr se bi een Festeten Anbeerginen (Auberginen) probeert. Se leeg siet Jahren in Striet mit een Naversch. Dat güng sogor vor Gericht, denn se harr doch een Reomühr (Renommee) to verleren, sä se.

To de Tiet harrn wi keen Katt. To'n Utgliek sammel ik Katten ut Steen, Holt un Missing. Katten in Böker un Katten op Biller, Tassen un Schötels. Den Onnersatz ut Keramik mit de söte, swatte Katt un „Carpe Diem" harr ik ok al.

Mal seten Fro Pultermuus un ik na't Reinmaken bi een Tass Koffi to'n Verpusten. Se keek op den Onnersatz un sä sinnig: „Carpe Diem".
„Se weet woll, wat dat heten deit?'. fröög ik.
„Kloor," keem de Antwoort. „Swatte Katt."
Dor kunn ik nich anners un heff ehr verklaart, wat dat bedüden dä.
„Tja," sä se un grien mi an. "Wenn dat denn so is, denn so wöllt wi man wiedermaken."

Op Literatour

Lesen maakt jümmers Spooß, besünners wenn de Wind üm't Huus huult un de Regen an de Finstern pladdert. So seet ik kommodig op't Sofa, warm in een Wulldeek inmummelt, leet mi Tee mit Rum smecken un kunn dormit sogor Snööf un Hosten to Liev gahn. Dat is mien Spezial-Medizin un beter as Pillen, smeckt tominnst beter. Mit Vergnögen keek ik dat ganze Lesepoppier dörch: een ingelschen Roman, een plattdüütsche Anthologie, de nee Utgaav vun' n <Quickborn>, een Krimi un <Pooh´s Corner II> vun Harry Rowohlt; all tohoop Böker, de vergnögliche Lesestünnen verspreken dään. Miteens weer mi mööd un swiemelig tomoot. Bi mien Spezial-Medizin weer ik woll to riev mit den Rum ümgahn.

Ik stah mang veele Lüüd op een groten Platz. Ünner een Schild staht Kutschwagens. Op dat Schild steiht

<Literatouren in jede Richtung>

Autos sünd wiet un siet nich to sehn. Ik gah een beten wat nöger. Op jedeen Kutschwagen sitt en Keerl. De hett swatt Tüüg an un op den Kopp een groten Hoot, ok in Swatt. He kickt stief liekut. Snacken deit he nich. Keen Minsch seggt ok blots een Woort. Man de Lüüd drängelt, as geev dat wat umsünst.

Een Madam, de düer utstaffeert is un de Nees bannig hooch driggt, schuuvt mi risch bisiet un stött mi sogoor den Ellbagen in den Buuk. De feine Aart is dat jüst nich. Se treckt den lütten Hoot deep in de Steern, hievt sik in den Wagen un sitt denn so piel in de Kutsch as de Fedder op ehren Hoot. Denn karjoolt de Kutscher mit ehr los.

Nu staht dor blots noch twee Schesen. Gediegen, an de een sünd all de Lüüd vörbigahn, liekers se so smuck utsüht. Sülver blänkert an dat Toomtüüg, un dat Fell vun de twee Rappen blänkert mit dat Sülver üm de Wett. De Peer hebbt Puschel ut rosa Feddern op den Kopp, so as in'n Zirkus, de Pulster un Küssen sünd ut rosa Sied. Op ehr Schild steiht in gollen Bookstaven „Zum Garten der Trivial-Literatur". Literatur as Goorn, in den jedeen spazeren gahn kann? Worüm nich mal mit Peer un Wagen? De Peer sünd an't Stampen un Snuven, se wüllt los. Schall ik oder schall ik nich? To laat. De staatsche Schees suust leddig an mi vörbi.

Trüchblieven will ik nich. Gau kladder ik in de leste un segg:" Fohrt Se den Wagen man achterran!" Dat seggt man so, weet ik ut de Krimis in't Fernsehn. Man dat deit de Kutscher nich. He fohrt mi krüüz un quer dörch de Literatur.

Mien Schees is allens annere as püük. Pulster un Küssen passt nich recht tohoop un de Küssen hebbt Placken, so as harrn sik de Gäst op de Fohrten Eten un Drinken smecken laten. Maakt nix. De Peer fallt in een Zuckeldraff un de Utsicht is man eenmal schöön. An den eersten Goorn steiht <Heimatliteratur>. Ik höör Immen summen un Vagels singen. Dörch Feller un Wischen löppt een Beek un op de Wischen gifft dat Veehtüüg, Schünen un Buernhüüs.

Ut een Döör kickt de Buer un lett witte Wulken ut siene Piep in den Heven stiegen. Een Scheper steiht mang siene Schaap un is bi to knütten. Sien Hund springt üm em rüm, wackelt mit den Steert un bellt. As in een Billerbook! Achtern an de Kimm, wo de Heven so bickbeerenblau utsüht, tekent sik Bargen af. Mi warrt richtig warm üm't Hart.Dat is seker Horborg. Man denn höör ik liesen Holldera-diu-jadiu-jadiu, un dat warrt jümmers luder. Nee, dat is nich Horborg. Dat höört sik meist bajuwarisch an. Man gau wieder.

In den neegsten Goorn is dat Flach man lütt. <Poesie< steiht dor an. De Planten in den Goorn sünd lütt un fien, kruupt meist tosamen, as wullen se Schutz bi' nanner söken. Wenig sind an't Blöhen un blots enkelte hebbt Frucht ansett. De Peer wüllt glieks de Nüstern in de Planten steken, man de Kutscher höllt se trüch.

De neegste Goorn liggt ünner grote Bööm, so'n beten an de Kant. An den Jägertuun steiht <Niederdeutsche Literatur>. Ünner de sturen Eeken harrn lütte Planten dat nich licht. Man nu blöht dat för dull, nich blots Wiepeldoorns un Krüder un de olen Sorten, de all in Omas Goorn to finnen weern. Dor twüschen kummt een Aart Wullgras hooch. Süht ut as een dicken, witten Teppich, so'n Flokati. Nich uncool.

Mit Vergnögen kiek ik mi all dat Blöhen an, as ut een Kutsch een Froonsstimm to hören is: „Niederdeutsch?? Gehört das überhaupt hierher?" Ik dreih mi üm. Ach, de Madam vun vörhen. De driggt de Nees bannig hooch, hett en scharpe Tung, man nich veel Ahnung. De glöövt seker Plattdüütsch höört bi <Krach üm Jolanthe> op. De warrt sik noch wunnern!

Een poor Schreed wieder gifft een Schild Order: Lesen! So veel Blomen, grote un lütte un in alle Klören! Ut een Kutsch, de blangen mi höllt, hóör ik een Keerl egoolweg pruschen. „Ik bün allergisch", röppt he to mi röver, „eenerwegens mutt hier een Katt wesen!" Ik wies op den Korv mit Deek un Küssen mang all de Blomen un ehr Blöhen. <Nero Corleone> steiht dor an. „Segg ik jo", meent he, „de Mafia kümmt överall hen un wenn't mit een Katt is"! Un denn fangt he wedder an to pruschen.

Bi den Goorn <Trivial-Literatur> haalt wi de Prachtschees in. Kiek an, nu sitt dor doch Lüüd binnen! De sünd woll heemlich tostegen. De Blomen hebbt Namens as <Lore> oder <Tina>. An een Plant mit groot rosa Blöden steiht <barbara cartlandiae> an. Kummt mi jichtens bekannt vör. „Kiek mal", röppt een Fro ehr Fründin to, „dat is een Züchtung vun Lady Di ehr Oma; heff ik körtens bi den Dokter in de Töövstuuv leest."

Na een korte Fohrt hóör ik Hamern un dat Krieschen vun een Saag. Dat rüükt na Saagspöön un Farv. Ole un junge Mannslüüd schuuvt sik dörch den Goorn. Keen Wunner, <Sachbücher/Heimwerker> steiht dor anschreven. Bi <Ratgeber Gesundheit> sünd de Froonslüüd togangen. Dat is jem ehr Rebeet. Is ok jümmers goot, wenn een Froonsminsch dat richtige Rezept un Middel parat hett, wenn sik ehr Klüterbaas mal op den Dumen haut.

Vun de veelen Indrück rappelt mi de Kopp. Dat gifft seker noch veel to entdecken, man buten gifft dat Larm. De Kutscher knallt mit de Pietsch; he will los un ik will mien' Schees nich verpassen. Een Ruuch kettelt mi Nees un Magen, de kummt ut den Goorn <Rezept- un Kochbücher>, dor warrt grillt. Ik heff Hunger kregen un dat gifft doch mennigmal Proven . . . .

Man denn kaam ik op ganz anner Gedanken. Mi warrt heel romantisch tomoot: De Maand geiht op un een Nachtigall lett ehr Leed hören. Achter Buschwark hóör ik Süüfzen un Stöhnen. Vör düssen Goorn staht de meisten Kutschwagens. Veele Mannslüüd sünd utstegen un drängelt sik vör de Poort un de een oder anner Fro, versöcht ehren Keerl an'n Rockslippen fasttoholen, maakt avers sülms een langen Hals, jüst so as ik.

<Erotika> steiht över de Poort. As ik opstah, kann ik Oolt un Jung mit veel Juchen un Lachen dörch den Goorn lopen sehn. Veel an hebbt

de jüst nich! Dor kunn ik doch ok mal rinkieken. Ik meen, op so'n Bildungsreis fallt dat doch nich op. Ik will jüst utstiegen, dor sitt ik - batz - wedder op mien Sofa. . . .Schaad. Schull mi düsse Schees noch mal in de Mööt kamen, maak ik de Tour aver annersrüm.

❁❁❁

De Verlegenheitsgoos

As ik lütt weer, geev dat bi uns Hilligavend Knackwusst un Kantüffelsalaat. Dat weer Traditschoon. Knackwüsst un Kantüffelsalaat geev dat Hilligavend laterhen ok bi mi. In de Vörwiehnachtstiet harr ik veel to doon, weer jümmers ünnerwegens un dor keem mi de Traditschoon goot to pass. Dat Festeten geev dat an'n 1. Wiehnachtsdag, meisttiets Swiensbroden, füllt mit Backaavt, dorto roden Kohl un Kantüffeln, so as fröher bi Modder.

Traditschoon weer dat ok, dat mien' eenzige Tante den Eersten Wiehnachtsdag to'n Eten keem. Se leet sik dat jümmers smecken, liekers se bannig krüüsch weer. Se harr een spitze Tung un weer mit ehr Ordeel nich trüchhöllersch. Een Tass' Koffi heet bi ehr Bohnensupp; weer de Koffi to dünn, snack se vun een „bohnenlose Gemeenheit". Kantüffeln höörn bi ehr in'n Keller un Koken mit allto veel Mehl much se ok nich. Gor nich utstahn kunn se Bradens, de noch „Figur" harrn, so as Göös un Aanten oder Fisch, wo de Kopp noch anseet.

Man een Jahr keem se dormit rut: Se wull doch noch mal een Goosbraden eten. So richtig, traditschonell sä se, Hilligavend, un vörher to Kark. Dat weer twoors ganz gegen uns Traditschoon, man wat deit een nich allens för de Familie? Bi unsen Feinkosthannel legen schöne, dicke Mastgöös in de Gefreerbox. Een müss mit na Huus, wöör to rechte Tiet sinnig optaut, kreeg een feine Füllung un keem Hilligavend in'n Aven. De Familie mitsamts Tante güng na Kark. Ik stunn in de Köök, de Goos to begeten. Dat Eten schull fardig wesen, wenn de Familie ut de Kark trüch keem.

Un dor weern se. Pladdernatt. De Stimmung weer ok dorna. As se sik all afdröögt harrn, seten se sik an'n Disch un töven op dat Eten. Rootkohl un Kantüffeln weern kloor, man de Goos de wull un wull nich möör warm, Un richtig Farv kreeg se ok nich. „Deit mi leed, de Goos bruukt noch een Ogenblick," stamer ik mit hochroden Kopp. Man de Goos möök sik dor gor nix ut. De Familie füng an, mit dat Besteck to klötern.

De Goos weer dat puttegol. Mit de gröttste Gavel weer ehr nich bitokamen. De harr keen Huut, de harr een Fell as een olen Seehund! De Familie harr Hunger un keen Duld un keen Düür mehr, un ik seet in de Köök un blarr.

Wi hebbt Knackwüsst ut de Doos' to unsen roden Kohl un de Kantüffeln eten, un ik heff mi achterran een antüdelt, üm dat Mallör to vergeten. Nee, mit so en Flugsaurier wull ik nix mehr to doon hebben.

Veele Johren later keem mien Mann mit so'n doden Vagel an. Ik heff em eerstmol in't Gefreer packt (den Vagel, versteiht sik). Dor kunn he sik besinnen un möör warrn. Dat hett sik de Goos ok to Harten nahmen, denn se keem later bruun, krosch un botterweek ut den Aven. Schaad, Tante hett dat nich mehr beleevt. Ditmal harr ik to Hilligavend een Fründin to'n Eten inlaadt. Man de Goos weer so

groot, dat wi dor annern Dag nochmal bi müssen. Den annern Middag leeg de Gaos in de Köök op den Töller un schull glieks noch mal in'n Aven. Ik harr dat hild, as dat mennigmal an so een Dag begäng is. Un mi weer warm, to warm. Ik möök de Kökendöör to'n Goorn op un güng den Disch to decken. As ik wedder rinkeern, weer de Goos weg. Flegen kunn se jo nich! Nabers Kater, swatt un meist so groot as een Panther, harr se klaut. Nu kunn ik seh'n, wo he sik aftier, den Vagel över de Goornmuer to kriegen. Nich mit mi. Dat weer doch keen Katerfröhstück! Ik rut un heff se em wedder afjaagt.

Mi full de Geschicht in, de mi een Fründ vör Johren vertellt harr: Sien Öllern harrn richtig wat in de Melk to krömen, un Wiehnachten keem bi jem jümmers veel Besöök. Dat weer heel fierlich, wenn op dat Damastdischdook Silver un Kristall bi Kersenschien blenkern, un dorto de Ruuch vun Dannentelgen. Un denn de Goosbraden, den de Huusherr transcheer.

As de Deenstdeern düssen Wiehnachtsavend den Goosbraden bröch, rutsch se ut - un leeg mitsamts de Goos op dat Parkett. Sien Modder full meist in Ahnmacht, man de Vadder hannel na dat Motto: de sik nich to helpen weet, is nich weert, dat he in Verlegenheit kummt. He sä blots: „Emma, bringen Sie die nächste!" As Emma sik vermünnert harr un de Goos in de Köök een beten afputzt wöör, keem de as Nr.2 wedder op den Disch un hett de Gäst goot smeckt.

Een dröff sik nich in Verlegenheit bringen laten, dat heff ik dorvon lehrt. Also de Goos afputzen, afspölen - un denn kort in den Aven. Mien Mann un mien Fründin hebbt dorvon nix mitkregen un weern sik eenig: Een Goos smeckt ok an tweeten Dag ganz wunnerbor!

Herbert Ehlers

Bremerhaben

Fisch – jümmer frisch!

Ik harr mal weller een bannigen Smacht op een schönet Stück Rökerfisch, frisch ut'n Rook, am leefsten so een dennigen Spickaal: Armdick un'n Meter lang.

Halvig söss, seggt de Klock. Nu aver loos un rop op't Rad, anners maakt de Fischwagen, de elkeen Freedag an de Eck steiht, siene Luken dicht, un denn gifft dat amenn blots Magerquark un Marmelaad to'n Avendbrot.

Dat hett noch jüst eben klappt. Da keem graad noch een Fro vor mi üm de Eck; de födder 250 Gramm Krabben. Ach, denk ik so bi mi, de is woll to Besöök un will de Dinger maal probeern, wo de Lüüd hier all so na jiepern. Kunnst egentlich ok een Pund von mitnehmen, nimmst eenfach den Aal een Stück korter, denn kummt dat woll op dat sülvige ruut.

As de Fro mit ehre Krabben aftrocken weer, keem ik an de Reeg. „Moin, moin", sä ik to den Verköper, „ik much woll eenen schönen Spickaal, so'n Mitteldeert, ik wull nämlich ok noch een Pund Granat mitnehmen, anners warrt mi dat toveel." - „Ja, moin, moin, beste Mann", anter he „ Aal kannst hebben, dor is 'ne grote Uutwahl, man Granat heff ik nich mehr."

„Nanu", sä ik „Se hebbt doch jüst eben de Fro noch welke verköfft, un nu hebbt Se keene mehr? Weer dat de Rest?" - „Ne, ne, wieldat Se Granat un nich Krabben un Moin, Moin seggen doot, mutt ik annehmen, dat Se von hier sind. De Granat, de ik heff, de sind noch von ehrgüstern överbleven – de kann ik Se nich mehr verköpen, anners maakt Se mi Arger."

„Na, wenn dat so is, denn verkööpt Se mi man den dicksten Spickaal den Se hebbt, ok wenn Se em al dreemaal mit'n Fettlappen op <frisch ut'n Rook> poliert hebbt."

Eenfach wegsmieten?

Segg maal, geiht di dat ok so as mien Fründ Walter? An besten föhlt he sik, wenn he statt'n smucken Antog sien Blautüüch antrecken kann, un wenn he von'ne Fier or von'n Inköpen ut de Stadt kummt, denn so is dat Eerste, dat he de goden Saken runnerrieten un sik sien blaue Jack un Büx antrecken kann. Dor kann man allens mit maken, sünners sönnerlich behott to ween. Dor kannst di mit henkneen, kannst dat Auto mit poleern, den Rasen meihn, un wenn dor bi dat Anmalen von de Goornstöhl mal een lüttjen Klacks Farv ansprütt, denn is dat ok nich wieder slimm. Dat is een rejelle Allerweltskledaasch. Annerletzt hett siene Fro de Saken na dat Waschen sogor mit'n Bögeliesen trakteert. As mien Naver em dormit seeg, meen he: „Du, de Antog steiht di goot. Wullt na Hochtiet or Kinddööp?" An so een Stück hangt man, un as sien Fro annerletzt meen, dat he de Jack woll utrangeern kunn, wieldat de doch all teemlich ramponeert weer, hett he luuthals protesteert. „Blots wieldat de achtern so een beten inreten un ´n Knoop af is?" meen he. „Daar sünd doch noch dree anner an; desderwegen mutt man de Jack doch nich in den Müll smieten! De deit dat seker noch een paar Johr!"

Is di dat ok al mal so gahn? Or mit so anner Saken? Also wat mi angeiht, ik heff so een wunnerschönen Pullover. Dat is een orig Stück, kannst mi glöven! Echte Wull, ik glööv sogor Merino or so ähnlich, weet ik nich so genau, süht aver so ut. Villicht is dor sogor een Handvull von een plusterig Karnickelbuck mit in. De Farv? De is bruun, ne, ne, nich eenfach bruun, saharabruun is dat gode Stück, un denn ok noch een beten anruut. Een original Designermodell !

Dat Ding hett man blots een Fehler: Dat hett siet een poor Daag een Lock. Nich groot, ne, nich mal so as'n Föfftigcentstück. Fallt kuum op. Egenlich sind dat twee Löcker, dor hett sik noch so een lüttjet dortogesellt, wull dat gröttere woll nich so alleen laten, wull dat een beten bistahn. Nu denk nich, de Löcker sind vörn op de Bost, ne, achtern op den Rüch, wo sowieso nüms henkickt. Över de dree lütten an'n Ärmelbund, doröver bruukt wi woll nich so snacken, dat sind seker Weevfehlers or so. De poor Farvplacken op de Siet - een roden un twee gröne - sind wirklich nich de Reed weert. De stammt noch von Wiehnachten. Dat is noch een lüttjet Andenken an dat Anmalen von dat bunte Vagelbuur, wat dat Geschenk för mien Fro weer. De gaht seker bi de neegst Wäsch ruut. Ja, an de Siet is de

Naht so een beten opgahn, dat lett sik fix mit dree-veer Nadelsticken trechtmaken.

An den Ärmelbund is he so een ganz beten dörchschüürt. Dat kummt von dat veele Hanteern, wat man elkeen Dag hett. Dat maakt wieder nix, dat fallt kuum op, wenn ik dat Bündchen tweemal umklapp.

Nu wees mal ehrlich, is dat een Grund, dissen goden Pullover wegtosmieten? So eenfach ex un hopp, as dat vundaag heten deit? Dat kann man so een wunnerboor Stück Kledaasch doch nich andohn. Ik bün seker, dat se mi in mien Menen unnerstütten doot, aver mien Fro, de treusorgene Huusfro, is da anner Sinns. Se will partout, dat ik em wegsmieten do. „Weg mit dat lumpig Deert!", seggt se. „Kööp di'n neen, so düür sünd de nich, aver smiet em weg!"

Von wegen den leven Freden heff ik dat maakt. Is mi bannig swoor fullen. Ik harr meist Tranen in de Ogen kregen. Nu heff ik 'n grönen, den heff ik eenfach ut mien Bestand nahmen. Is nich ut Merino, ne, ut Lambswool, ganz edel un steiht mi goot. Güstern namiddag heff ik em to'n eersten Maal antrocken un bün denn dormit op de Ledder kladdert, um de Dackrinn to viseteern. Dorbi bin ik an so een dummerhaftigen Rinnhaken mit den Ärmel hangen bleven. Dat geev 'ne lütt Havaree. Dat Lock, wenn man dat överhaupt so beteken kann, is kuum to sehn, sitt an de Binnensiet von den Ellbogen. Dormit dat nich grötter warrt, heff ik dor foorts een lüürlütt Rester upbackt. Sütt nüms! Hett bi't Avendbroot nich mol mien Fro entdeckt, un de hett scharpe Ogen för sowat, segg ik di!

Gröönkohl

Hdtsch. Verfasser unbekannt; Pld von Herbert Ehlers

Shakespeare, de ingelsche Dichtersmann, hett ja een ganzen Barg Dramen schreven, so as Romeo un Julia, Hamlet un MacBeth. Denn is he doot bleven. Dat weer schaad um em, man de Welt hett siene Dramen. Jüst so is dat mit Schiller un Goethe un all de annern Dichterslüüd ut ole Tieden. Rembrandt hett een paar ganz smucke Biller maalt. Nu is he ok al lang doot. Man dat is egentlich gar nich so leeg: De Welt hett ja siene Biller, woran man sik an vergnögen kann.

Man wat mien Mudder is, de hett in de Welt een bannig grodet Lock opreten, denn sietdem se nich mehr leven deit, kann keen Minsch op de Welt richtig Gröönkohl kaken!

Ja, ja, ja, leve Frünnen, ji meent, ji kÖönt ok Gröönkohl kaken. Man dinkt da mal över na. Ik kann ok Biller malen, man mit de von Rembrandt kannst de wees Gott nich verglieken.

De Gröönkohl von mien Mudder... Ik will dat mal so seggen: As ik damals vor de Fraag stunn, veer Jahr na Amerika to gahn, hett mien Mudder allens versöcht, um mi dat uttoreden. „Dummtüüch, wat wullt du daar?", gung dat jümmer. Een goden Daags, as wi daar weller över snacken dään, hett se mi fraagt: „Un wokeen kookt di to Wiehnachten den Gröönkohl?". Tschä, da bin ik hier bleven.

Annersiets holl mien Mudder daar nich mit achtern Barg, wenn annerseen dat Rezept hebben wull. Man dat leeg nich an dat Rezept! Daar muss noch een annern Haken bi wesen.

Mien Fro un ik versöökt dat nu al över teihn Johr, den Gröönkohl na dat Rezept von mien Mudder to kaken. Allemal meent se: „Ik heff mi vandaag veel Möh geven, nu warrt he woll jüst so smecken, as damals bi jo to Huus!" Man ik weet nich, of ji mi verstahn doot: Afklatsch blifft Afklatsch!

Nu geev dat in us Familie faken Unnerscheden in us Meenen, vor allen, wat de Politik angüng. Ik harr mi mit mien Vadder denn so richtig in de Klatten. Mennigeen von jo weet dat ja, as dat so aflopen deit. Wenn dat ganz hooch her güng, denn flöög daar ok mal'n Book dör de Gegend un dat een or annermal geev dat een ganzen Ammer vull mit tweismeten Pozzelaan. Man wenn dat sowiet weer, dat de eerste Frost den Gröönkohl tofaten kregen harr, wenn dat buten so richtig knepen harr (Frost mutt he hatt hebben, de Kohl, un dat op jeden Fall in't Beet, nich in dat Köhlschapp, de Dübel schall em freten), un wenn denn Mudder elkeen von us so biwegelangs vertellen dä, Sünnabend gifft dat Gröönkohl, denn weer de Strieteree vergeten. So een hillige Handlung kann een doch nich mit so dummerhaftige Saken tweisnacken.

Nu mag de een or anner von jo fragen: „Wat harr he denn vör een besünnern Smack, disse wunnerbore Gröönkohl?" Da kann ik blots seggen: „Dat hett keen Sinn, dat to beschrieven."

De Gröönkohl, den mien Mudder kookt hett .... Minschenskind, ik krieg vor Opregung reinweg 'n Tadderig, wenn ik daar an denk, as dat jümmers weer, wenn se sä: „Wenn dat dat eerste Mal richtig froren hett, dennso kook ik ok dit Jahr weller Gröönkohl!" Un denn warr ik batz ganz trurig, denn nüms op disse Welt kann vundaag noch richtig Gröönkohl koken.

Wat ik noch seggen wull, dat is ja meist to'n Lachen: Da hett doch körtens disse Herr Möhlmann, us Naver ut de drütte Reeg achterto, ansonsten so ganz verdrääglich, also disse Herr Möhlmann hett mi inreden wullt, dat geev keen Fro op de Welt, de so goot Gröönkohl kaken kunn as sien Mudder.

Also, wat sik wecke Lüüd so inbilden doot!

Plattdüütsche Limericks

Ji kennt doch Jan Holtbeen ut Holsteen,
de is annerletzt in de Heid ween.
He weer op de Jagd,
schööt twee Vöss op een Slag:
Op de Pirsch an den Dag kann he stolt ween.

Hein Cohrs weer'n Johr lang op Kuba,
daar lehr he dat Speeln op de Tuba.
Doch blaast he alleen,
denn klingt dat nich so schöön
un de Naver fraagt: „Hat er'ne Kuh da?"

Daar seet een lütt Ützpogg an'n Graben,
de dä an een Fleeg sik woll laben.
Denn keem Mester Langbeen,
hett kort sik dat ansehn
un swups harr he jem beide in'n Magen.

Jan Finck harr mal een pickswatten Kater,
de strüüv sik partout gegen dat Water.
He kreeg em bi'n Krips
un wusch em ganz fix -
„Ik bliev swatt, maak blots keen Theater!"

In Norderstedt wohnt een Trumpeter,
de blaast mit de Tiet jümmer beter.
Man is he in Wuut
un tuut bannig luut,
denn huult, wat he kann, Navers Köter.

Een Froonsminsch ut Lage in Lippe,
dat weer een ole Xantippe!
Se arger sik mager,
worr schlattrig un hager,
bald is se blots noch'n Gerippe.

Hein Brüning ut Olannermoor
is veertig Johr al in'n Chor.
In'n Bass sung he jümmer best,
nu müss he unner't Mess:
Sietdem singt he Falsett un Tenor!

Marie is verleeft in ehrn Kalle;
man se hett noch'n Breeffründ in Halle.
De will ehr besöken,
daar hett se scheef keken,
denn nu sitt se höllsch in de Falle.

Hein Finck drinkt besünners geern Beer,
an'n Dag söss Buddels un mehr.
Dorto noch ruck-zuck
een Buddel mit Sluck,
so kummt een gau ünner de Eer.

Käppen Flint kriggt'n orig hoge Hüer,
man de Hälfte daarvon nimmt de Stüer.
Dat argert em bannig
un so warrt he hölsch grantig
un smitt den Bescheed batz in't Füer.

Ik föhr noch een olen Peugeot,
de is Johrgang föftig or so.
He hett siene Nucken,
deit Hosten un Bucken -
wenn he anspringt, denn bin ik heelfroh.

Kuddl Klamm denkt: Wat is dat för'n Aart?
Ik huus jümmer noch in mien lütt Kaat!
Forts dreiht he'n paar Dinger
un maakt lange Finger...
Nu sitt he dree Johr achter Draht.

(K) een Truureed

För een gode Fründin - so as se snacken dä, wenn se noch bi us weer.
Ok wenn mennigeen dat nich wahrhebben will:
To dat Leven höört jüst so de Dood!

Leve Truurlüüd!
Miene hartensgode Mudder, mien leve Mann, Dochter, Swiegersöhn, mien lütt Enkeldochter - un all de Frünnen, de nu hier sind!
Nu sitt ji daar alltohoop in joe düüster Schapptüüch, sitt daar vör joe Tass Koffie, kiekt op den Botterkokenbarg un weet nich, wat ji seggen schööt. Elkeen kummt sik reinweg een beten muchelig vör, hett Tranen in de Ogen un weet nich, of he ja or nee seggen schall. Ik raad jo to: Snackt doch miteenanner, so, as wenn ik bi jo weer. Bin ik ja ok. Ji köönt mi man bloots nich sehn. Ik bin in joe Harten un snack mit jo över dit un dat. Man to, vertellt jo wat!

Ik heff dat ok jümmers geern maakt, as ik noch bi jo op de Eer weer. Nu bin ik unner de Eer un in'n Heven un luuster to, wat ji so snacken doot. Ik weer ja geern noch een Tietlang bi jo ween. Dat hett mi heel goot toseggt bi jo. Ik heff woll sware Tieden dörmaakt, man ok veel Plaisär hatt mit mien Familie, mit Huus un Gaarn un mit miene Hunnen.

Over veertig Johr heff ik mit mien leven Mann tohoop leevt, heff ni nich Striet mit em hatt, heff twee Kinner op de Welt brocht, von de mi een veel to fröh wedder nahmen wöör. Dorför heff ik een netten Swiegersöhn kregen un mien Dochter hett mi een lütt Enkeldochter schenkt.

Ik harr ja geern noch beleevt, dat se to'n staatsche Deern opwussen weer. Schaad, dat ik dat nich mehr beleven kunn. Man de leve Gott harr sien Tog all een paar Maand unner Damp. He müß nu afföhrn, kunn nich länger op mi töven, anners keem he mit sien Fahrplaan dörcheenanner. Nu is de Tog afföhrt.

Dat geiht jümmer man in een Richt - den Heven to. Gröööt mien söte Enkeldochter von mi un seggt ehr, ik heff se von Harten geern hatt. Un nu weest man nich truriger, as dat nödig deit! Ik weer ja ok keen Kind von Trurigkeit. Mien Mann, dat weet ik, de bitt sik dörch. Wat schall he ok anners doon. An mehrsten duurt mi dat um mien Mudder, dat ik nu vör ehr gahn müss. Mien Mann warrt ehr trösten, dat weet ik un dat kann un dat deit he, ok wenn he sülvst veel Troost in de tokamen Tiet bruken kann. Helpt em een beten daarbi!

Wat ik noch seggen wull: Dat höögt mi ja bannig, dat ji alltohoop kamen sind, um mi to verafscheden. Du un du un du un se un se! Man wat heet verafscheden? Ik bin doch bi jo! Mien Seel hett sik fast in joe Harten ingraven - bi den een mehr, bi den annern wat weniger. Darum bruukt ji ok keen Stohl vor mi torechtstellen, wenn ji mal wedder bi een anner Gelegenheit tohoopkaamt. Ik bin doch jümmers bi jo, of ji dat nu wööt or nich. Un wenn ji över mi snacken doot, dennso snackt goot von mi! Ik heff jo alltosamen geern hatt un dat schall ok so blieven.

Un wenn ji mal in miene Neegte kaamt - ji weet ja nu, wo ik liggen do - denn leggt mi'n lüttjen Rükelbusch op mien Graff. Nich so'n groten, bruuk ok nix to kosten, nee, spaart joe Geld, nehmt so een bunten ut'n Gaarn, dat langt. Ji weet ja, ik heff Blomen jümmers so geern hatt. Bruuk ok nich lang duurn, joe Besöök, man eben so op'n Swutsch.

So, nu bin ik düchtig mööd worrn bi mien Vertellen. Ik söök mi nu'n schöne witte Wulk ut un warr mi von mien lange Reis in'n Heven een beten verpusten. Wenn ji mal so een besonners schöne witte Wulk sehn doot, denn denkt, ik sitt daar achter un kiek op jo daal. Un wenn dat mal regen deit, denn is mang de velen Druppen viellicht de een or anner Traan von mi dorbi. Un wenn dor mal so een hatten Störmwind brusen deit, de jo meist de Mütz von'n Kopp ritt, denn bin ik dat viellicht, de jo so een beten to'n Spaaß in't Haar rumdrüselt.

Nu laat den Koffie man nich koolt warrn un langt düchtig to. De Koken is mit gode Botter anmaakt! Ik gröööt jo alltohoop un roop jo to: Dat gah jo goot!

Wiehnachtskoken backen

Wenn dat in't Huus na Kardamom, Vanille, Honnig un Kaneel rüken deit, so as wenn'n op'n Schipp mit Krüter ut'n Orient an Boord weer, un wenn du in de Kööк rinkickst, un sühst dien Fro mang al de Krinten, Nööt, Mannel, Mehl- un Zuckertüten ievrig an't Hanteern, un wenn de Stromteller drüseln deit, dat du Angst un Bang hebben mußt, dat de sik heet löppt, denn kannst du wiss wesen: Dat geiht op Wiehnachten to!

De Backeree fangt meistendeels al vör den ersten Advent an. Toeerst sünd de Bremer Klaben un Stollen an de Reeg, wieldat de'n tietlang bruukt, bit dat se richtig dörchtrocken sünd. Man wenn de ut den Oben ruutkaamt un de eerste Vörwiehnachtsröök in de Luft hangt, denn muchen sik forts'n Schief daarvon afsnieden. Avers nee, dat warrt noch nich tolaten, sünst is al to Wiehnachten nix mehr von daar.

Denn geiht dat op de lüttjen Saken los: Von Spekulatius över Pepernööt un Kaneelstickels bit to de Harten, Steerns un allerlei le-

ckert Knabbertüüchs un Spezeree för de kommodige Koffiestünn or Footballspeel in'n Flimmerkassen.

Man ehrder dat daarmit loos geiht, warrt all de Rezeptböker un Blöör utsneden ut allerlei Illustreerten un de velen handschreven Zeddels tohoopsöcht, ehr de Generalstaabsplaan opstellt warrt. Daarna warrt de Deeg anröhrt hell un düster un denn warrt utrullt un utsteken un dekoreert mit Mannel, Nööt, Sukkade, Hagelzucker, Puderzucker un oplööst Schokolaad un wat weet ik nich allns. Een Kokenblick na dat anner warrt in den Backaven rinschaben un wenn een Partie fardig is un sik afköhlt hett, kummt de Koken to'n Opbewahren in een von den bunten Blickdöös, de al praat staht.

Mannslüüd hebbt bi de Backeree meerstdeels nix to söken. De dröfft höchstens mal dat een or anner Stück, wat'n beten verglitscht is, probeern un daarbi örnlich lickmulen un dat denn düchtig löven. Villicht dröfft se mal de Hassel- un Walnööt knacken un fien malen. Dat is denn ok al dat Hööchste, wat jem totroot warrt.

De Kinner, ja, de dröfft al ehrder wat helpen. De sünd ja daar reinweg jieperig op, üm wat uttosteken or de lüttjen brunen un witten Koken mit Zucker or Schokoladenguss antomalen.
Bis us to Huus geiht dat jüst so to. Daarmit ik mien Fro nich ünner de Fööt kaam or mi an de hitten Backblicken de Finger verbrennen do, söök ik mi in de Tiet lever een anner Huusarbeit ut.

Verleden Wekenend harr mien Fro wedder Kokenbacken anseggt un dorto use beiden Tweeschenenkels Lukas un Niklas inlaad. Ik wull jem nich stören un harr mi'n Rull Tapeten köfft, üm in'n Keller'n Steed uttobetern. Den Kliester harr ik in een rode Plastikschöttel anröhrt un to'n Stieven in de Eck von de Arbeitsplatt stellt.

Mien Fro wies de beiden Bambusen, woans dat mit dat Utsteken von de lüttjen Koken maakt warrt. Se harrn dat bannig hild un kemen mit ehre veer Jahren ganz goot trecht, de Formen von de Steerns, Dannenbööm, Maanden un Harten in den Deeg to drücken. Denn worrn de Saken akkraat op dat Kokenblick packt un af gung dat in den Backoben.

För den nächsten Gang wöör Hagelzucker bruukt un jüst de weer utgahn. „Ik loop eben na'n Koopmann", sä mien Fro, „ji Beiden köönt middewiel de brunen Koken von dat letzte Blick mit Zuckerguss anmalen. De Pott steiht daar ja in de Eck." Da möken sik de beiden Jungs foorts över her un weern flietig an't Malen.

Man as ik mien Tapetenkliester ankieken wull, of he goot weer, sehg ik dat Mallöör: Se harrn sik in de Schötteln vergrepen un de ganzen Koken statt mit Zuckerguss mit Tapetenkliester anmaalt. As mien Fro trüggkeem, böör se de Arms övern Kopp tohoop un reep: „Na, ji sünd so Helpslüüd! Nu sünd de schönen Koken nich mehr to bruken", un daarbi wisch se de beiden Jungkeerls de dicken Tranen af, de över ehre Backen rullen dään un begöösch jem: „Is nich so slimm! Ik röhr foorts neen Deeg an un denn is dat wedder goot." Daarmit smeet se de ganzen lädeerten Koken mit'n Swupps in den Müllammer.

Een dorvon heff ik mi heemlich wedder ruutangelt un den in een von de velen Döös rinsmuggelt. Wat de woll för een Snuut trecken deit, de den tofaten kriggt, wenn sien Tung keen Zucker sünnern Tapetenkliester smecken deiht. Brrrr!

Ik wünsch jo alltohoop een gode Adventstiet un veel Spaass bi't Kokenbacken!

Hinrich Gerken

Harsfeld

Breefdreger von Beruf

To de Lüüd, de ik bewunnern do, höört ganz gewiss de Breefdregers. Wat mööt de doon un wat mööt de sik gefallen loten för dat Geld, dat se kriegt! Ik denk dor an den, de uns jeden Dag de Post bringen deit, toverlässig un pünktlich, egol ob dat regent oder störmt oder ob wi in'n Sommer öber dörtig Grood Hitt hebbt. Ik kann dor meist de Klock no stellen, wenn middoogs de Breefkassendeckel klickt un de Post dor is. Gewiss is he nich de eenzige Breefdreger, op den'n sik verloten kann.

Ober dat gifft ok annere, de sik de Arbeit lichter mookt. Letzt Johr schreev ik eenen Breef an eenen Fründ, de een poor Dörper wieder wohnt. Ik harr mi mit de Stroot versehn un „Niedersachsenweg Nummer soundso" schreben. No een poor Doog kreeg ik den Breef trüch. Dor harr de Breefdreger wat opschreben: „Unzustellbar! Straße unbekannt!" - Ik keek in'n Telefoonbook no (dat harr ik man vörher doon schullt) un fünn den Fehler. Dat müss „Niedersachsenstraße" heten. Szü, un dat wöör to veel för den Breefdreger.

Dor denk ik doch ganz anners no öber een Post-Beleevnis, dat in mien Heimatstadt Verden passeern dä to de Tiet, as ik noch jung wöör. Domols kööm een Breef ut Amerika an. Op den Ümslag stünn de Noom von den Mann, de em hebben schull, un denn de Stroot „Bitzer Straße" un „Germany". Den Noom „ Verden" harrn se in Amerika vergeten. - Un de Breef kööm an! Dat is doch wat weert, wenn sik de Postbeamten Gedanken moken künnt un sik Möh geevt!

Bi uns bröch „Post-Erna" johrteihntelang de Breven uteenanner. Se kenn all de Lüüd in'n Dörp un harr mit dat Sorteern keen Last. Se kenn ok all de Handschriften von de Minschen, de de Breven schicken dään. Un so keek se nich blots op de Adress, sonnern ok op den Afsenner. Een poor Mol passeer dat, do kööm se mit'n Breef rin un sä: „Kiekt mol no, ob de jo tohöört!" - Jo, gewiss is de Breef för uns. De Adress stimmt ganz genau, ok de Huusnummer." - „Jo, ober de Afsenner, is de denn richtig?" -

Een anner Mol wöör dat, an eenen Sünnobend. Mien Mudder wöör jüst dorbi un back eenen Koken för den Kaffeebesöök an'n Sünndag. Do kööm Post-Erna in de Döör, geev een Postkoort af un sä: „Dat Kokenbacken, dat loot man no. Joen Besöök, de kummt morgen nich!"

Kristallnacht

An'n 10. November 1938, morgens vör den Ünnerricht, kööm Schoolmester Eggers ganz opgereegt no uns in de Stuuv. „Hest du dat al höört", fröög he mienen Vader, „letzte Nacht hebbt se in Veern de Judenkark afbrennt. Un bi Schooster Rotschild un de annern Juden hebbt se de Finster insloon. Wat seggst du dorto?" Mien Vader sä: „Dat bedüüdt Krieg!" Ik stünn dorbi un höör to, wat de beiden sik noch vertellen dään.

Begriepen kunn ik dat nich as söbenjähriger Jung. Ober wat dat een ganz eernste Angelegenheit wöör, dat kreeg ik doch mit. Nomiddoogs föhren mien Öllern mit mien Swester un mi no Veern, üm dor intoköpen. Bi de Gelegenheit züngen wi ok den Johanniswall langs un sehgen de Reste von de Judenkark. Dat meiste wöör doolbrennt. De Gebelwand no de Stroot hin stünn ober noch. Dat qualm dor noch düchtig, un Fürwehrlüüd wöörn dor in Gang un sprütten de Nachboorhüüs natt, dat de keen Füer fangen kunnen. -

An dat Bild kann ik mi noch besinnen. Ober een poor Johr loter worr ik noch mehr wies. Op de linke Siet von de Judenkark stünn dat Huus von de Familje Ratjen. He wöör Angestellte an'n Amtsgericht. De Dochter wöör bi'n Gesundheitsamt. Boben in dat Huus wohn de Familje Meyer: Hermann Meyer, sien Fro Anna un de Kinner Dorle un Hans. De hebbt den ganzen Vörgang von'n Finster ut mitkregen. As se een poor Johr loter unse Nobers in Walle warrn dään, hebbt se mi een poormol dorvon vertellt. Se hebbt sehn, dat de Judenkark dör Brandstiftung afbrennt worrn is. Un se hebbt ok sehn, dat dor een Petroleum öber de Bänk goten hett!

Un se hebbt em kennt. Dat wöör een von de Füerwehr, de noher, no den Krieg, sogor Kreisbrandmeister wesen is. Ik heff mi dor foken Gedanken öber mookt, ob so een Minsch ok woll sowat hett as een Geweten. Loterhen wöör ik bi eenen Treuhänder beschäftigt, de ok dat Grundstück von de Veerner Judenkark to verwalten harr. Bi düsse Gelegenheit kreeg ik denn noch mol von de annere Siet her eenen Inblick in dat Verbreken von de Kristallnacht.

Mien Oma

Margaretha Klintworth, geb. Gerken, 1880 - 1965

Wenn ik an mien Oma Klintworth in Ohrnst denk, denn mutt ik jümmer wedder seggen: De Fro kunn wat, un se hett in ehr Leben mehr leist' as mannigeen annere. Se interesseer sik nich blots för ehren Huushalt. Doröber wüss se goot Bescheed. Dat kenn se al von to Huus, dat'n jeden Dag so' n gode twölf Mann an'n Disch harr. Un de Bohnensupp, de se koken dä, de löövt de Lüüd vundoog noch. Nee, ok öber all dat annere, wat op den Hoff un in de Möhl passeer, wüss se wat af. Se harr von Anfang an den Öberblick un wöör een gode Hülp för ehren Mann.

Un dat wöör wichtig! Dat stell sik rut, as se 1922, mit tweeunveertig Johr al Wittfro warrn dä. Ehr Mann, mien Grootvadder, kreeg een slimme Krankheit un öberstünn de nich. Nu wöör se alleen mit ehr dree Deerns, de achteihn, sössteihn un veerteihn Johr oolt wöörn, un mit den Jung, de eerst ölben Johr wöör un den Hoff noch nich öbernehmen kunn. Mien Oma bleev nix anners öber, se müss as Buer den groten Hoff verwalten, se müss de Möhl in Gang hollen, un se müss ehren Huushalt moken un dorför sorgen, dat de Familie un de Knechtens un Arbeiders un Deerns jeden Dag wat op'n Disch harrn. Dat wöör woll meist to veel för een Fro. Ober se hett dat schafft. Un as ehr Jung sowiet wöör un heiroden dä, do kunn se em eenen Hoff öberschrieben, de in Ordnung wöör .

Mien Oma hett veel leist'. Dat kann ik nich anners seggen. Ober se hett ok nich jümmer Glück hatt bi dat, wat se op lange Sicht plonen dä. Un dat wöör ehr Heirootspolitik. Dree Deerns harr se to versorgen. Un wenn de nu mol von eenen groten Buernhoff stammt, denn schüllt se tominnst ok wedder eenen Buern heiroden. Dorüm schick se jüm ok no de Kumfermatschoon öberall hin, wo se dat Richtige tolehren kunnen: In Hermannsborg besöchen se de School un kregen dor noch dat mit, wat se in de Ohrnster eenklassige School nich lehrt harrn. Un denn kööm de Huushaltungsschool in Hameln oder in Hildesheim an de Reeg, un de Wittneihkurs bi Anna Nutbohm in Harsfeld. Un in'n Huus bröch se jüm dat Spinnen un Weben bi un dat Koken un wat nich allens.

Wer mol op eenen Hoff heiroden will, de mutt nich blots een gode Utstüer mitkriegen, de mutt ok wat von'n Huushalt un von de Landweertschop verstohn. Mien Oma sorg dorför, dat allens in de Reeg wöör. Un se möök sik al mol Gedanken doröber, wo ehr öllste Deern inheiroden kunn. Dat müss al een olligen Hoff wesen. Un de junge Buer, den se sik as Swiegersöhn utsöken dä, de müss ok in Ordnung wesen. Un wenn ehr Dochter noher denn blots so wiet weg wöör, dat'n dor op'n Sünndagnomiddag mit'n Stöhlwogen hinkomen kunn, denn schull ehr dat man eenmol Recht wesen. De Fitschen-Hoff in de Hollenbecker Heid, de wöör genau richtig.

De junge Buer Lüür Fitschen, an den wöör nix uttosetten. Gesund, fliedig, klook, christlich, goden Charakter, un denn noch wat ünnern Foot! Wat müss dat schöön wesen, wenn se Marie, ehr öllste Deern, dor ünnerbringen kunn, dor op den feinen Hoff in de Heid, de so alleen liggt, een beten af von dat Dörp, un de meist so utsüht as een Gootshoff! Dat müss se doch op irgendeen Oort un Wies hinkriegen!

Un denn lood se de Familje Fitschen ut de Heid no Ohrnst to'n Kaffee in. Alltohoop schullen se komen. Denn wöör Lüür ok jo woll mit dorbi. Un denn kööm ok bald een Gegeninlodung. Un so güng dat hin un her. Wenn in Ohrnst een Danzvergnögen wöör un de Hollenbecker Jungs komen wullen, denn wöör mien Oma man eenmol dorför, dat ehr dree Deerns ok hingüngen. Un wenn se mol in Hollenbeck no'n Danzen wullen, denn kregen se foorts Verlööv. Oma wüss, wat se wull. Dat leet ok meist so, dat Lüür Fitschen un ehr Marie sik lieden müchen.

Ober denn kööm dat doch anners. In Ohrnst harrn se eenen neen Schoolmester kregen. Dat wöör Angelus Gerken. De wohn mit sien Öllern un sien Swester in dat Schoolhuus. He harr noch twee Bröder, Hinrich un Lütje, de beide woanners Schoolmester wöörn. Ober wenn se Ferien harrn, denn wöörn se foken in Ohrnst.
Allens weet ik nu ok nich to vertellen. Ober so veel steiht fast: Mien Oma ehr Reken, de güng nich op. Un dat hett ehr bannig verdroten. Se kunn dor ober nix bi doon. Ehr Dochter Marie un Hinrich Gerken, de Broder von den Ohrnster Schoolmester, de hebbt sik 1928 heiroodt. Un wenn ji dat ganz genau weten wüllt: Düsse beiden, dat sünd mien Öllern. Se hebbt sik goot verstohn. Un mien Oma hett sik dor denn ok mit affunnen, dat ehr Dochter man blots eenen Schoolmester kregen hett.

Ober eenmol, dat wöör in'n Krieg, as uns Vadder intogen wöör un dat bi uns bannig knapp togüng, do kunn Oma dat doch nich loten, un se sä to mien Mudder: „Tscha, harrst man doch domols Lüür Fitschen heiroden schullt. Dor harrst du warm sitten kunnt un harrst jümmer wat to eten hatt."

De Johren löpen hin. Diedrich, ehr Jung, harr den Ohrnster Hoff öbernohmen, un Oma seet al lang op'n Olendeel. Se wöör ober noch jeden Dag in de Köök an't Arbeiden un interesseer sik för allens, wat op den Hoff passeern dä. Un se harr ehr Freid an de dree Enkelkinner, twee Deerns un een Jung. Un de wussen ran un kömen in de Johren, wo se ok mol no'n Danzen gohn wullen. Nu worr Oma nochmol wedder aktiv. Wat domols nich klappt harr, dor kunn nu jo amenn wat von warrn. Lüür Fitschen in de Heid, de harr twee dannige Jungs. De wöörn in dat richtige Öller. Un för Jürgen, de den Hoff kriegen schull, interesseer se sik ganz besonners. De wöör wat för een von de Deerns. Dat hülp nix, dor mutt man denn eben een beten nohülpen. Wat mien Oma denn dorbi doon hett, dat weet ik nich.

Ober een Tietlang leet dat meist so, as wenn se doch noch een Deern von den Ohrnster Hoff bi Fitschen in de Heid ünnerbringen kunn. Tohoop no'n Danzen gohn, tohoop verreisen, tohoop de Verwandten besöken, mien Oma frei sik jedenfalls, dat sik allens so goot anleet un se amenn doch noch ehren Willen kreeg. Ober: „Eerstens kummt dat anners, un tweetens, as man denkt!" Oma ehr tweete Anloop in de tweete Generatschoon, de hett wedder nich klappt. Dat wöör man blots een Fründschop, de nich to lang duurt hett. Jürgen Fitschen lehr een junge Deern ut de Lüneborger Heid kennen. Un Oma müss dat noch beleben, dat ehr Enkeldeern no Ruschwedel heiroden dä. Un se harr ehr doch so geern bi Fitschen in de Heid ünnerbröcht.

Nu is op den Ohrnster Hoff al de neegste Generatschoon groot. Dree Deerns sünd dor. Een hett den Hoff kregen. De annern beiden mööt woanners ünnerbröcht warrn. Wenn mien Oma noch leevt harr, O, ik glööv, de harr dat noch nich opgeben un harr dat noch een drüttes Mol versöcht. Un wer weet? Mag wesen, dat se Glück hatt harr, wenn se rechttiedig oppasst harr. Mit dat Öller wöör dat ok dütmol genau hinkomen.

„Dröff ik een Zigarr anbeern?"

Dat wöör vör'n ganze Reeg von Johren, in de Tiet, as dat noch knapp hergüng mit Zigarren un Zigaretten. Pastoor Feise leev noch. He harr de Domgemeen ünner sik. Dorto höörn ok de Geestdörper Walle un Hollen. In Walle wohnen wi. Dat wöör von den Dom söben Kilometer weg. Un Hollen? Dat wöör noch veer Kilometer wieter. Dor wohn de Schoolmester Lübbers.

Un de wöör nu storben. He wöör een lange Tiet in Hollen Schoolmester ween, un dorüm wöör dat ok een grote Beerdigung. Vele Minschen nöhmen an de Truerfier deel, meist all ehemolige Schölers. Un vele güngen ok achterher in't Truerhuus un drünken een Tass Kaffee. Ok Pastoor Feise höör dorto. He kunn noch nich glieks no de Beerdigung no Huus. De Tog föhr eerst in een Stünnen, un so güng he mit in dat Truerhuus. De Lüüd, de de Gäste bedenen dään, sehgen op den Schrank een Kist mit Zigarren stohn. Dat wöör woll dat Richtige för den Pastoor. He sehg dat, dor wöörn von föfftig eerst een Poor rut. So wat geev dat al lang nich mehr in de slechte Tiet. Wo de Schoolmester de woll noch her harr? He nöhm sik een un steek se sik an.

Junge, de smeck em ober. Langsom un geneeterisch smöök he de weg. No een halbe Stünnen, as de Pastoor sien Tass Kaffee ut harr un ok de gode Zigarr opsmökt wöör, do müss he denn bilütten no den Bohnhoff hin. He verafscheed' sik von de Fro Lübbers, snack noch een beten öber ehren Mann, dach ober de ganze Tiet doröber no, wo he an de goden Zigarren komen kunn.

Dat duur keen Week, Pastoor Feise wöör wedder in Hollen un möök eenen Besöök bi Fro Lübbers. Se fröög em. „Dröff ik een Zigarr anbeern ?" As se den Satz al meist to End snackt harr, do sä Pastoor Feise: „Oh jo, dat künnt Se". Un as he de Zigarr opsmökt harr, do müss he noch flink no annere Lüüd hin. Dree Doog loter, do keek de Pastoor wedder rin bi Fro Lübbers, harr nix Besonners op'n Harten, smöök ober sien Zigarr mit Genuss un güng wieter.

Un so güng dat in de nächsten Weken un Moonden: De Pastoor kööm alle poor Doog, kreeg sien Zigarr, smöök se weg un hööl sik nich lang op. Bit de Kist langsoom lerdig wöör. De letzte Zigarr nöhm he sik noch un smöök se op.

Un dat wöör sien letzte Besöök bi Lübbers in'n Huus. De Zigarren wöörn jo all. Nu lohn sik de Besöök nich mehr. Un woanners kunn he jo keen kriegen. Pastoor Feise is denn veel weniger no Hollen föhrt. Wöör ok jo to wiet: ölben Kilometer.

Victoria Luise in Harsfeld on Winterswohld

Dat is al een ganze Tiet her, do weer in Harsfeld een grote Veranstaltung. De Verein för Heimat- un Imkergeschicht fier sien groote teihnjährige Jubiläums-Geschichte. Se harrn de Schützenhalle fein herricht un vele Immenkörv opstellt, dat de Lüüd ok sehn kunnen, wo jümehr Honnig herkööm, wo de Immen em herholen un em in Waben verdelen dään. Se harrn Persönlichkeiten anschreben, de öber den Weert von den Honnig snacken schullen un öber den Weert von de velen lütten Deerter, de Dag för Dag ünnerwegens sünd un em tohoopholen doot för de Minschen.

Ok Victoria Luise, de Dochter von den olen düütschen Kaiser, de noher verheirodt wöör mit Ernst August von Hannober, harrn se anschreben. Un de harr toseggt. Se kööm in een lang grau Kostüüm un mit eenen neen Wogen mit eenen olligen Choffföör anreist un hööl een Rede, de öber een Stünn duurn dä. Un dor in lööv se de Harsfelder Minschen un den Fliet von de velen Millionen lütten Deerter, de jeden Dag för jüm ünnerwegens wöörn un Honnig tohoopdrögen. Victoria Luise kreeg eenen langen Applaus.

De Harsfelder harrn sik wat Feines utdacht. De Dochter von den Ersten Vörsitter, Gisela, harr keen Angst. Se wöör jüst fiev Johr oolt un de Blomenstruuß, den se Victoria Luise öberreichen schull, wöör meist grötter as se. De velen Lüüd in'n Sool klatschen in de Hannen, as se ehr no vörn gohn sehgen. Ober denn kööm dat, wat nich komen schull. Se geev den schönen Blomenstruuß een annere Fro, de dicht bi Victoria Luise stohn dä.

All lachen se. Un as se noher de lütte Gisela frogen dään, worüm se de Blomen denn nich an de Richtige geben harr, do antwoort se: „Die hatte ein langes, graues Kleid an. Das mochte ich nicht leiden. Un die andere hatte ein buntes an. Das sah schöner aus." - Tscha, dat kann passieren.

Ober as Victoria Luise obends bi Brunkhorst in Winderswohld to'n Eten inloodt wöör, passier ehr noch eenmol wat Ähnlichs. Dat harr fein wat geben, Broden von'n Wildswien mit allens, wat dorto höört. Un achterher harr dat Welfenpudding geben. Un nu seten se all dor un leten dat to Fleesch sloon.

De ole Opa Brunkhorst seet op'n Sofa blangen de Kaiserdochter Victoria Luise. Un de kreeg sik to'n Verdauen een Zigerrillo rut un steek se sik an. Opa Brunkhorst keek no de Siet no ehr hin un sä: „Ja, Deern, dat Smöken, dat is hier bi uns keen Mood. De Zigarr, de mook man ut! Den Rook, den kann hier keeneen utholen."

De Kaiserdochter, de hett dat denn doon. Wat schull se ok anners moken, wenn ehr dat so düütlich seggt ward.

❁❁❁

Wiehnachtsboom besorgen

Bi uns in'n Dörp harrn wi eenen Koopmann, de wöör vör Wiehnachten so beschäftigt, dat he foken nich dorto kööm, rechttiedig eenen Dannenboom to besorgen un op dat Krüüz fasttomoken. Wenn de Fro an den Dag för Wiehnachten denn endlich sowiet wöör, em to smücken, denn harr he em noch gor nich köfft.

„Jo, jo, - ik loop flink no Hein un hool eenen. Dat ward dütmol ok eenen ganzen feinen warrn." Un denn birs he los. Un wat he kreeg, dat wöör man bloots so'n halben Kroom. Mit de een Siet müss he an de Wand stohn, dat de afbroken Twieg nich to sehn wöörn. So wöör dat ok vundoog. De Dannenboom schull smückt warm. Ober de wöör nich dor. De Koopmann harr in sienen Loden wat to doon un keen Tiet loostolopen, eenen to holen. Ober em kööm een Tofall to Hülp. Korl Meyer kööm jüst in den Loden. Dat wöör een Mann, de jümmer fründlich wöör un de op alle Wünsche ingohn dä.

He fröög em: „Na, Korl, du büst woll ferdig mit dien Vörbereitungen to'n Wiehnachtsfest. Hest jo al neet Tüüch an. Ober wo is dat, kannst du mi noch eenen Gefallen doon ?"
„Jo, dat kann ik."
„Ik heff noch kenen Dannenboom. Un den mutt ik vunobend unbedingt hebben. Ik kann hier ober jo nich rut ut den Loden."
Korl dach eenen Ogenblick no. He sä: „Is dat denn ok egol, wo ik em herhool?"
„Ohjo, dat is mi allens recht. Hauptsook, he is vunobend dor un ik kann em op'n Foot moken."
„Och, dat beten Arbeit! Dat krieg ik ok noch hin!"

„Du schasst dat ok nich ümsünst moken. Ik pack di een beten wat in, wo du Wiehnachten dien Freid an hest."

Un dormit güng Korl ut de Döör. Dat Lachen op sien Gesicht, dat kunn de Koopmann as Freid ansehn för dat Inpackte. As den Koopmann sien Fro em twüschendöör frogen dä, ob he ok an den Boom dacht harr, do kunn he ehr de Antwort geben: „Jo, den besorgt mi Korl Meyer. Un de is vunobend pünktlich dor."

Dree Stunnen loter - dat wöör al düster - kööm Korl Meyer mit'n wunnerschönen Boom in't Huus. So eenen schönen Boom harrn se al lange Johren nich hatt. De müss jo woll in'n Holt ganz free stohn hebben. Von all de Sieden keken em de Koopmannslüüd an un bewunnern em. Korl möök em noch op den Dannenboomfoot fast un kreeg von den Koopmann eenen Büdel mit'n Poor Hanschen, eenen wullen School, fief Schacheln Zigaretten un een poor Tüten Bonschers un Nööt. He frei sik dorto, bedank sik un möök sik flink op den Weg no Huus.

Dat Boomsmücken möök de Koopmannsfro dütmol richtig Spooß. So'n schönen Boom harrn se al siet Johren nich mehr in de Stuuv hatt. Un ok de Koopmann wöör dormit inverstohn. Ober den annern Morgen, as he fröhstücken dä un he in de Tiet de Finster op möök, do kööm em de Goorn mit den Rosen in de Mitt so kohl vör. Un denn dämmer dat bi em. De Boom, de nu so schöön smückt wöör un blangenan as Wiehnachtsboom stünn, de harr doch wohrhaftig vörher as Dannenboom in den egen Goorn stohn - in de Mitt von den Rosen.

Dor hett doch de Keerl nich ümsünst froogt, ob he em herholen kunn, wo he wull. He rööp sien Fro un wies ehr de kohle Stell op den Rosen. De beiden argern sik öber den verdreihten Kunnen. Un he harr so veel Godes dorvör kregen. Se wullen toeerst hin no em un em de Leviten lesen.

Ober denn harrn se eenen betern Infall. Se dään so, as wenn de Boom wohrhaftig von wiether ut'n Holt kööm un nich ut jümehrn Goorn. Hier wullen se no Wiehnachten eenen frischen Boom inplanten. Von den Arger wullen se sik nix anmarken loten un öberhaupt nich öber den schönen Wiehnachtsboom snacken.

Liselotte Greife

Lünborg (1924 - 2009)

De Kloke

Klook is he!
Nöömt
elkeen un elkwat mit paßlich Woort.
Ok wenn dat Woort frömd is,
un wenn dor de Tung
swoor an to gnubbeln hett.

Klook is he!
Weet
Wöör so as een Stempel to bruken.
Stempel
mit stüttige Farv.
Minschen
sünd för em as prenkelt Poppier.

Of he ok weet,
dat achter siene Wöör
Leven
mit all siene Wunnen liggt?
Ogen sünd blind,
wenn dat Hart
se nich to stüürn versteiht.

Leven, dat heet...

Leven, dat heet
jümmer uk Noot to dwingen.
Noot to dwingen, dat heet
jümmer ok wassen togliek.
Aver wat wassen schall,
dat bruukt uk Warms un Licht.

Is dat woll anners ween in jichtenseen Tiet?
Doch nu sünd Lüüd, klook un mit scharpen Verstand,
de tellt tohoop, wat uns Tiet bargt an Noot un Gefohr.
Schrieft dat ok, dreegt dat ok vör, doot dat so ganz un gor.

Dor blifft keen Steed för dien Höpen
un för dien Lengen na Licht.
Dor stickt dat Wassen.
Leven verlaamt un verklaamt.
Höllst du dien Höpen fast -
se hebbt den scharpen Verstand
un snied em twei.

Leven, dat heet
jümmer uk Noot to dwingen.
Noot to dwingen, dat heet
jümmer ok wassen togliek.
Man wat wassen schall,
bruukt Warms un Licht.

Nich glieks wiet wegsmieten

Anna weer as junge Deern heel smuck un fien. Flinke Been harr se ok. Wenn se no Danzmusik güng, denn flöög se man so von een Arm in'n annern. Over eenmol keem dat anners. Een staatschen Jungkeerl, meist een Kopp grötter as Anna, bleef jümmer dicht bi den Disch, neem Anna mit ehr Fründin an sitten dä. He danz blots mit Anna un weer jümmer op'n Kiewiev, dat anners keen an ehr rankeem. Anna weer dor woll ok ganz mit tofreden. Wenn de Musik anfüng, keek se al no em hen, so as wenn he de Eenzige weer, de mit ehr danzen wull. De Beiden lachen un snacken tosomen un dat Danzen flutsch man so bi jüm.

As de Musikers mol „Foffteihn" möken, keem de Jungkeerl an Anna un ehr Fründin ehrn Disch. He fröög, wat he bi jüm sitten gohn dröff. Anna nickköpp denn jo ok. He wull sik over toeerst vörstellen, as sik dat höört un sä sien Noom: „August Meyer."

Dunnerslag - dat harr he man beter nich doon schullt. Anna, de jüst noch lacht harr mit Mund un Ogen, worr op'n Stutz stief un starr. Dat sehg ut, as weer ehr Lachen infroorn. Se keek den Jungkeerl an, as weer he de Düvel un Dracula in een Persoon. Denn sprüng se op, nöhm ehr Handdasch un schööt ut'n Sool. De Jungkeerl stünn as'n Pohl. He begreep nich, wat dat to bedüden harr un keek Anna ehr Fründin froogwies an. Man de lach, dat ehr de Tronen kemen.

Denn verkloor se em den Grund, worüm sik Anna so sünnerbor opföhrt hett. In de Verwandschop von Anna geef dat al mol een August Meyer. An den harrn se keen goot Erinnern. Dorüm wull Anna mit keen Meyer wat to doon hebben, mit een August Meyer al gor nich.

De Jungkeerl, de nu tofällig ok August Meyer heten dä, kreeg bi dat Vertellen so'n Blinkern in de Ogen, as wull he seggen: „Nu mookt mi dat eerst recht Spaaß." He nöhm dat bunte Dook, dat Anna in de Iel vergeten harr un meen: „Wenn't denn wieder nix is", kümmer sik noch üm de Fründin, dat de nich alleen besitten bleev und güng denn no Huus.

Annern Dag, as he Fierovend harr, müß he denn jo dat Dook afgeven. Dat dä he geern. Nu weer Anna jüst an düssen Ovend alleen in't Huus. Dat weer goot - dat weer over uk slecht. Goot weer dat, wieldat he op düsse Oort jo beter snacken kunn. Slecht weer dat, wieldat jo anners keen een to weten kreeg, wat sik bi düssen Besöök afspeelt hett.

Nojo, snackt warrt bi sowat meisttiets gor nich so veel. Un gor to obsternaatsch mutt Anna sik woll ok nich opföhrt hebben. De Minnachtigkeit för den Noom „Meyer" hett sik bi ehr geven. Dat weer man goot so, denn dat duur nich lang un se heet sülvst Meyer.

Ehr Söhn hett sogor later den Noom August kregen.

Heinz Großmann

Bremerhaben

An'n Diek

Ik sitt hier an'n Diek, kiek över dat Watt,
vör mi so groot un wiet dat Meer
un achter mi de lude Stadt.
Man ik sitt hier so geern bi Wind un Weer.

Deep an de Kimm steiht de möde Sünn
un maalt den Heven geel un root.
De Dag geiht to Enn nu, un ik bün
tofreden; de Dag, as he weer, weer goot.

Weseropwarts seilt de Scheep dorhen,
willt dör de Slüüs na den Haben to.
Ehr grote Fohrt is nu to Enn.
Scheep un Minschen hebbt eerst mal Roh.

Man dat gifft dor uk woll anner Daag,
wenn Storm pietscht över See und Land.
Dat Water bruust, de Floot stiggt hooch,
de See is uter Rand un Band.

Sitt denn wedder an'n Diek, un de Wind puust mi dör,
un de Wellen lickt mi an mien Foot.
Denn jaagt een woll nich mal'n Hund vör de Döör,
doch mi, mi geiht dat an'n Diek so goot.

Dat is so'n Saak mit de Deerns

Fröher weer allens beter! Ik glööv dat nich. Dor möögt ja woll so lütte föfftig Johr in't Land gahn ween. Hinnerk weer sössteihn un güng up't Gymnasium in de teihnte Klass. So af un an harr he sik woll al mal na plietsche Deerns ümkeken, avers he harr de rechte Kraasch dor noch nich för. Jümmers wüss he nich, wat he denn mit de Deerns snacken schull. Sien Kopp weer as toplaastert, un he wull ja de Deerns to geern wiesen, wat he nich een staatschen Kerl weer. Güng nich! So mit veerteihn Johr harr em al mal de grote Panik packt, as em kloor wörr: Dor kummt de Dag, un denn muttst du een wildfrömde Fro ansnacken un ehr fragen: Wullt du woll mien Fro warrn? Een wildfrömde Fro!

Geev ja uk wenig Schangs, Deerns kennen to lehren. In de School weern blots Jungs, un namiddaags bi'n Sport, bi de Pfadfinners, mit Frünnen: allens Jungs. Nu schull dat avers anners warrn. So as elkeen Johr kummt de Danzschool Beuss un hollt in Schäfers Saal för'n Viddeljohr een Danzkurs af. Un de Sössteihnjöhrigen so as Hinnerk sünd nu an de Reeg. All ut sien Klass hebbt sik anmeld un denn müss he uk woll, wenn man uk sien Harte tüchtig kloppen deit.

Vunnamiddag schall nu de eerste Stünn von den Danzkurs ween. He treckt sien besten Antog an, Slips üm den Hals wörgt, ofschoonst dat so heet weer, dat he an levsten in'ne Badbüx dor hen gahn weer. Un denn de spitzen Schoh, in de een egentlich blots elegant stahn und sitten kunn, avers nich danzen. Na Schäfers Saal weern dat so lütte twee Kilometers. Mit Rad? Nee, wo sehg dat ut mit sien feinen Antog. Also to Foot!

As he bi den Saal anklööm, weer he sweetnatt und de Fööt brennen em as Füer. Up de Straat vör den Saal stünn een Köppel Jungs un teihn Treed wieder een Köppel Deerns. Gegensietig weer'n se sik an't Taxeern un ünnernannner an't Gnickern. Denn güng dat in den Saal. De Danzmester stünn midden in'n Saal. Up de een Siet stünn een Reeg Stöhl, dor setten sik de Deerns hen, up de annere Siet de Jungs.

Dor seet Hinnerk nu. Lütte veertig smucke Deerns vör sik, een plietscher as de anner. Avers he föhl sik as krank: 'n hitten Kopp, sweetnatte Hannen, Fööt as wenn he op gleihnige Köhlen stünn, un de Slips as so'n Tau bi'n Koh üm Hals, de em de Luft nehm.
De Danzmester weer nu mit sien Verkloren dörch. De Musik güng an

un jedeen von de Jungs müss nu een Deern to'n Danzen opföddern. As bi so'n Dusendmeterloop sprüngen de Jungs von ehren Stohl op, schesten över dat glatte Parkett un versöchten, ehren Kratzbuckel för de Deern to maken, de se sik vörher utsöcht harrn. Man, bi enkelte Deerns weer dat een Schuven un Stöten! Hinnerk weer bi all sien Bang nich so recht ut de Startlöcker kamen. He müss nu nehmen, wat dor an Deerns nableven weer. Man nich jüst de Miss Germany, un sweetnatte Hannen harr se uk. Avers mit dat Danzen güng dat ganz goot. Un Snacken, dat möök se.

Bi'n nächsten Danz weer he wat gauer ob de Been, avers gegen so'n Mister Germany, de blangen em bi „sien" Deern anköööm, kunn he nich konkurreeren. He nehm wedder de Lütte von vördem, he sülven weer ja uk man nich groot.

Nich, dat üm dat Danzen keen Spaaß möök, un so ganz dummerhaftig hett he sik uk nich anstellt. So güng he de tokamen Malen mit jümmer gröter Vergnögen to de Danzstunn. Un so'n poor Deerns harr he nu uk al kennenlehrt. Man, denn keem de Hamer: He müss sik een Danzpartnerin utsöken för den Afdanzball. Un dat müss he mit ehr uk fast afmaken. Lang hett he överleggt. Denn weern de Besten all wedder weg. Ach, laat mi man de Lütte nehmen. Ik mutt se ja nich foorts heiraden. Hildegard heet se. Un denn: ja so weer dat domaals, un he kunn dat bald nich glöven: Denn müss he bi de Öllern von de Deern en Vörstellen-Besöök maken. O mien Gott! Wo kunn he dat blots dörchstahn!

Mit fief rosa Nelken un weke Knee möök he sik up sien Weg na Canossa. Een Vadder harr Hildegard nich mehr. De weer in Krieg bleven. Man goot, dach he sik. Mit de Mudder schull he woll kloorkammen. Weer uk so. Geev'n Stück Koken un Tass Tee, ja un dat Snacken möken meist Hildegard un ehr Mudder. Na een Stünn weer he wedder buten. He föhlde sik as Siegfried na sien Kamp mit den Draken.

De Afdanzball güng uk goot. Avers as ik al seggt heff: Heiraden wull he se ja nich!

Lütte fiefunveertig Johr later hett he „sien" Hildegard tofällig in Theater in de Grootstadt mal wedder drapen. „Weetst du noch domaals, de Danzkurs?" „Wat, du büst dat ween? Dor kann ik mi rein nich mehr up besinnen!" Man goot, dat he siet veertig Johr mit sien Monika verheiraad is.

Dat's mien Leven

All mien Lengen, all mien Töven,
all mien Hopen, all mien Glöven,
all mien Denken, Överleggen,
all mien Swiegen, all mien Seggen,

all mien Wrucken un Marachen,
all mien Wenen, all mien Lachen,
all mien Drömen, all mien Spelen,
mien Taxeren, Reken, Tellen,

all mien Planen un Proberen,
all mien Fragen, Söken, Lehren,
all mien Angst, mien Groon un Gresen,
all mien Quengeln, all mien Quesen,

all mien Legen un Verwunnen,
all de Leev, de ik nich funnen,
all mien Twiewel, all mien Fragen,
all mien Wehdaag, all mien Wagen,

all mien Sien un all mien Doon,
all mien Beden un Vertroon,
all mien Nehmen, all mien Geven:
Dat bün ik un dat's mien Leven.

De Sössunsösstigste Geboortsdag

Sössunsösstig, dat is ja woll keen Öller - hüüttodaags! Sietdem ik nu een Johr in Rente bün, stah ik an'n Anfang von den drüdden Stremel von mien Leven, bün man so'n jungen Rentner-Spund. Un so föhl ik mi uk meisttiets. Nadem ik mi dat slechte Geweten aftraineert heff, dat dor all Lüüd den helen Dag an't Marachen sünd, man ik fule Bock Been hoch in den Sünn sitten do, geiht mi dat bannig goot. Ik maak blots noch dat, wat mi Spaaß maakt, un wenn mi nix Spaaß maakt, dennso maak ik nix.

Man so rein överhaupt gor nix maken, dat geiht ja uk nich, tominst nich bi mi. De denkern Kopp is ja doch meist togang. Sogor wenn ik an't Slapen bün, dennso dröhm ik wunnerbore Saken. Bi de vele Denkeree is mi denn infullen, worüm schull ik miene ollen Frünnen nich to mien Geboortsdag inladen, wat wi us een den annern vertellen kööont, wo goot us dat doch geiht.

Dacht - seggt - daan! Nadem wi mien Fro ehr lecker Eten up harrn, keem denn de Sabbelee ingang: Söss Kerls un Söss Frolüüd, meist all Jung-Rentners. Toeerst kemen de Frolüüd an de Reeg. Se wull'n sik woll överbeden, wat se ehrn Kerl in dat verleden Johr ansnackt harrn, wat he nich allens in Huusholt maken müss. „Man mutt sien Fro nich toveel wiesen, wat een allens kann. Bumms, hett se di bi'n Wickel." Dat weer Berni sien Snack dorto, un all de Kerls nickkoppen mit en Smustergrienen.

„Ja, un de Tiet suust man so an di vörbi", meen Günni dorto. „As ik fröher noch up Arbeit güng, hebb ik jümmers na Fieravend so'n beten wat nebenbi maakt, Hobbies un so. Nu maak ik blots noch wat nebenbi, un dor bruuk ik den helen Dag för. Ik weet gor nich, wannehr ik fröher arbeit hebb." Un Hannes sett dor noch een up: „Also ik harr dat Geföhl, as Hinnerk mi to disse Fier inladt hett, dat de Tiet twüschen de Geboortsdaag jümmer köt- ter ward?"

„Ik glööv ja, dat liggt doran, dat in den lesten Tiet allens wieter weg is", weet Kalle. „Na usen Bäcker bruuk ik nu dubbelt so lang, un wenn ik na den Dokter mott or in de Stadt mit Rad föhr, dennso hebbt se dor woll'n lütten Barg twüschen upschütt, so as ik an Pusten bünn, wenn ik ankaam." „Mit'n Bus föhrn, kannst uk bald togeven. Mi föhrt he jümmers vör de Nees weg, ofschoonst ik doch to rechte Tiet ut'n Huus gah.

Todem heff ik dat Geföhl - ik heff ja siet'n half Johr'n nee Hüfte - dat se de Treppen överall wat steiler maakt hebbt", kunn Hotte nu noch bistüern.

Denn keem Hannes wedder an de Reeg: „Fröher weer dat nich so düster an'n Kökendisch, wenn ik in't Blatt kieken de. De hebbt de Schrift wat lütter maakt or mien Arms sünd in den lesten Tiet wat kötter worrn. Un wenn mien Fro mi ut dat Blatt wat vörlesen deiht or ik mal de Narichten in den Kiekkassen mitkriegen will: kannst vergeten, de snackt all so liesen un nuschelt sik wat in'n Boort, dat een nix nich versteiht."

„Mann, hebbt ji dat uk al markt", nu Günni wedder, „mien Kledaasch mott woll inlopen, wenn se in't Schapp hangen deit. De Büxen krieg ik nich to un de Jack strammt över'n Buuk."

„Schoh tobinnen, schafft ji dat noch?" fraagt Hotte. „Ik hebb mi nu Slippers köfft, dor kannst so rinsluppen un bruukst di nich mehr krumm bi maken."

„Ja, Ja", füng Berni an't Philosopheeren, „de Minschen hebbt sik uk düchtig ännert. All seht se veel wat öller ut as ik - as ik so oolt weer, as se nu sünd. Nülich hebb ik en ollen Kamraad ut de School bemött. De sehg so oolt ut, de hett mi nich wedderkennt. Un de Spegels sünd ja nu uk nich mehr dat, wat se mal weern. Af un an fraag ik mi, wat dat dor morgens in de Baadstuuv för een is, de mi ut den Spegel ankieken deiht. Aver liekers wasch un raseer ik em."

„Ne aver uk, wat is dat för'n Jammeree mit jo Jung-Rentners. Lest weern ji noch an prahlen, wo goot jo dat doch nu geiht!" Dat kunn ik mi nich verkniepen. „Un nu, allens olle Kerls hier. Wenn ik dat wüsst harr, harr ik jo nich to mien Geboortsdag inlaadt." Ja, aver dat wull'n se nich up sik sitten laten.

Berni stünn up uk geev een to'n besten:
„Oolt maakt nich de griesen Hoor, oolt maakt nich de velen Johr. Oolt büst, wenn du keen Spaaß versteihst, för nix un nie ut'n Huus nich geihst ."
Dat hebbt wi us all bannig to Harten nahmen un denn dor noch düchtig up anstött.

De lütte Tinnsoldat

Use Kinner weern noch lütt. Karin weer dree Johr und Olaf fief Johr oolt. Nu wull'n wi to'n eersten Maal in Urlaub föhrn. Veel Sünnenschien un Water, dor weer de Gardasee in Italien jüst goot för. Man veel Geld harrn wi ja nich. Hotel kunn'n wi us nich leisten. De Broder von mien Frau harr sik in lesten Johr een Wahnwagen köfft. So leeg dor noch dat grote Telt up'n Böden, mit den se de anner Johrn ünnerwegens ween sünd. Dat schullen wi man nehmen.

Wi kömen goot up den Campingplatz an Gardasee an. Annern Morgen güng dat mit so en Boot to'n Uppusten an't Water. De Kinner harrn Swimmflögels an, un so spaddeln se bald den ganzen Dag bi warmen Sünnschien in'n Gardasee rüm. Se kunnen dor uk de annern Daag nich noog von kriegen. Doch denn bilütten weer ehr dat so'n beten langwielig, un wi Öllern müssen een neet Programm överleggen.

Laat us mal na Verona fohren. Dat is nich wiet un dor gifft dat veel to sehn: de grote Arena, in de se al för tweedusend Johrn Theater speelt hebbt un den Balkon von Romeo un Julia, un seker gifft dat dor uk een groot lecker Ies to köpen.

Geev dat uk, as na twee Stünnen Loperee un Kiekeree de Fööt un de Ogen wat mööd weern. Denn weer de Aku wedder upladen un mit nee Kraft güng dat in de Footgängerzone. Dat weer woll mehr wat för us Öllern. Aver wat geev dat nich allens to sehn an Kledaasch un Gold- un Sülverkraam. Bi de Priesen kunn een woll reinweg duselig in Kopp warrn. Man dat Ankieken un Wunnerwarken möök uk Spaaß. Olaf bleev bi een Laden stahn, dor stünn blangen den Ingang een grote Ritterrüstung. He harr dat domaals gewaltig mit de Ritters un wi kunnen em dor goor nich wegkriegen.

Na 'n ganze Wiel, wi weern een Stück wiedergahn, sä mien Fro: „Wor is denn use Karin?" Mit för Angst wiet openreten Ogen füngen wi all an't Söken twüschen de velen Minschen, de dor in de Footgängerzone ünnerwegens weern. Man Karin weer weg. O Gott! Wat schull'n wi nu maken? Wi all kunn'n ja keen Italienisch nich. Wenn de Mafia us Karin nu opgrepen hett. Un nu willt se dat Lösegeld von us hebben.

Dummtüch! Wi un Lösegeld! Wi mööt wiedersöken. Wi hebbt us mit alle Mann up de brede Straat verdeelt un sünd den Weg, den wi kamen sünd, trüchgahn. Wat weer us dat Harte swoor. Narms weer se to sehn.

Doch dor, dor stünn se ja. As so 'n Tinnsoldat stünn se blangen den Iesenkerl von Ritter in den Ladeningang. De Tranen löpen ehr de Backen daal un se rööp ümmer: „Mama! Mama!" Aver man ganz liesen. Den groten Schreck un de noch gröttere Freid mössen wi nu nochmal mit een groot Ies fiern.

As mien Fro un ik lütte föffteihn Johr later mal wedder up Bildungsreise in Verona weern, dor stünn de Ritterrüstung ümmer noch an de sülvige Steed un as wi den Iesenkerl sehgen, kregen wi wedder dat sülvige gräsige Geföhl as domaals in'n Magen.

De swarte Placken

Ümmer wedder kannst dat to hören kriegen: Fröher weer allens beter! Ik glööv dat nich, wieldat een dissen Snack woll hören kann, siet dem dat Minschen gifft. Fröher weer veel wat anners. Man de Minschen wüllt meist nich den niemoodschen Kraam. Dat schall allens so blieven as ümmer, un dorvon hebbt se dat Geföhl, dat dat fröher allens beter weer.

Süh, so is dat uk woll to mien Kinnertiet mit dat Tosamenleven un dat Tosamenhollen in de Familie ween. Nich blots Öllern un Grootöllern so as vondaag, nee, uk Onkel un Tanten un de ehre Kinner un Grootonkel un Groottanten un de ganze wietlöftige Verwandtschop höör dorto. Un de kennen sik meist uk all ünnereenander, wieldat se von Tiet to Tiet, wenn dor een von de Verwandtschop doot bleven is, bi dat Gräffnis tohoopkaamt. Dat is denn ümmer en groot Bült Minschen. Un wenn dat uk man'n trurigen Fall is, se freit sik doch, dat se sik all wedderseht. Ümmer warrt denn seggt: „Wi mööt us bald mal weddersehn, aver nich ümmer bi en Gräffnis!" Un dor blifft dat denn bi.

As denn so'n Breef mit'n swarten Rand in't Huus keem, denn weer dat wedder so wiet. Een Onkel von use Vadder, den sien Fro, de ehr Modder, de weer all över tachentig, de harrn se in'ne Morgenstunn doot in Bett funnen. Weer freedvull inslapen."

Dat is Familie, dor müss een von us hen, dat weer kloor. „De Dood höört to dat Leven to", sä mien Vadder, „dor dörf een nich vör weglopen, denn mutt man in de Familie tosamenstahn, un dat mutt uk fiert warrn." Vadder fröög mi, wat ik nich mitwull. So en Dodenfier, wenn de, de dor doot bleven is, al oolt weer, dat kunn een heel pläseerlich Versammeln ween, harr ik al mal beleevt. Dat wull ik mi nich ut de Nees gahn laten.

De Broder von mien Vadder, de weer Kledaasch-Höker un de harr al'n Auto, de nehm us mit. Vadders Onkel sien Fro ehr Moder harr bit to ehren Dood in en lütt Dörp wohnt, un mien Onkel kunn den Karkhoff nich glieks finnen. Doch bald sehn wi, dat dat halvig Dörp up de Been weer na den Karkhoff to. Wi kregen uk noch en Platz to'n Sitten in den lütte Kapell op'n Karkhoff. Weer noch'n beten Tiet to'n rümkieken:

Och süh, de is uk dor, un den, den heff ik ja al Johre nich sehn, un de, wo höört de noch to, un de, de hett avers ganz goot toleggt, un sien Fro, de süht ja woll rein krank ut.

enn kööm de neegst Verwandtschop von de Dode in de Kapell. Se setten sik in den eerste Bank, un all Lüüd möken nu en eernsthaftig un trurig Gesicht. Dat mit den Paster duur nich lang. Denn güng dat na buten na dat Graff. Söss Kerls ut de Naverschop in'n swarten Antog hebbt dor den Sarg daallaten in de depe Kuhl. Nu güngen all Lüüd blangen dat Graff langs un geven de Dochter von de dode Mutter un ehren Mann hartlich de Hand.

Dormit weer de Trurigkeit meist vörbi un dat grote Gebrabbel up'n Weg to den Dodenkoffi güng nu los von wegen: „ Wo geiht jo dat denn so?"

„Hebbt dien Kinner all heiraat or sünd ji all Grootöller?" - „Ja, ik heff mi uk'n nee Auto köfft!" „Nee, in Urlaub föhren, dat köönt wi us bi use velen Kinner in Ogenblick nich erlauben." Dormit kömen wi denn in den Kroog an, wo för so'n lütte hunnert Lüüd updeckt weer. Wi fünnen uk glieks een Platz. All Lüüd weern goot tofreden, de een or anner von de Kerls harr uk al'n Beer vör sik stahn, un all harrn sik veel to vertellen.

Vör us up den Disch stünn för jedeen een groten depen Teller. Dat schull woll eerst vör den Botterkoken Höhnersopp geven, so as dat in de Gaststuuv rüken de. As mien Vadder de Serviett wegnehm, de up den Teller leeg, sehg he een swarten Placken midden up den Teller. He nehm de Serviett, keek na links un rechts, wat em wohl een dorbi tokieken dä, un wull den Placken wegrieven. Man dat güng nich. Wat nu? He schuul weer na links un rechts, denn spütter he up sien Munddook un versöcht dat mit dat Wegrieven to'n tweten Maal. Wedder nix, de Placken bleev.

„Denn schall de Placken ja woll ünner de Glasuur sitten!" Dormit geev Vadder sien Afmöhen to un tööv nu up de Sopp. De keem uk glieks. Se smeckte wunnerboor mit veel Fleesch un orrig Eierstich binnen. Dorvon kunnen wi woll noch een Teller. Man as Vadder sien Teller leddig harr un he jüst een groten Slag naladen wull, ja denn sehgen wi beiden: De swarte Placken weer weg. Vadder un ik, wi smustergrienen us to, un Vadder sä: „Süh, nu is de Teller ja woll rein. Nu will ik mi man noch een orrigen Slag Höhnersopp updoon."

De Tog

All de Lüüd instieg'n, de Tog föhrt nu los,
de Tog in dat nee Johr.
Man wo föhrt de Tog hen, dichte bi or wiet weg,
is de Reis woll licht or swoor?

Hett he dat ielig un suust dör dat Land,
un Hüser un Bööm fleegt vörbi?
Or is dat een Bummeltog, hölt mal hier un mal dor?
Un he bringt mi sinnig to di.

Is he uk rechttiedig or kummt he to laat?
Du hest doch keen Tiet to'n Verspel'n.
Hest gau wat verpasst, un an End von dat Johr
denn mag di de Tiet denn woll fehl'n.

Du büst nich alleen, vele Lüüd föhrt uk mit,
männichmal is't een Drammen un Stuken.
Begegen ehr jümmers mit apene Hann'n!
Villicht muttst du mal een bruken.

Wohen de Tog in dat nee Johr
woll henföhrt, dat weet keeneen.
Mal utstieg'n, mal ümstieg'n, dat köönt wi,
un denn mööt wi mal sehn.

Us Herrgott föhrt mit in usen Tog,
he wiest den Tog sien Weg.
Up em verlaat ik mi man to geern.
Kummt dat goot un uk mal leeg.

De verdreihten Steveln

Siet Sommer geiht de lütte Niklas in den Kinnergoorn. Dat gefallt em bannig goot dor: so vele Speelsaken und denn de velen annern Kinner un keen Mama, de jümmers wat to meckern hett: nich so luut or nich so dull or nich so gau! Dat is nipp un nau na sien Sinn.

Nu is de Vörmiddag al wedder to Enn, un gliek schall woll Mama kamen un em afholen. Wieldat se in Kinnergoorn jümmers man blots Huusschoh anhebben dörven, mott he nu sien Steveln antrecken. Avers dat kriggt he noch nich hen, und dat Frollein kummt al un will em helpen. Man so licht is dat uk gor nich. Dat is ein Trecken und Stöten un Tarren, denn is de eerste Stevel an sien Foot. Nu de twete - geiht uk nich lichter, avers denn hebbt se dat schafft.

Niklas steiht von de Bank up un kickt an sien Been daal na sien beide Fööt. Dor is wat nich so, as dat ween mott. „De Stevels sünd an den verkehrten Foot!" röppt he. Dat Frollein verdreiht ehr Ogen in Kopp, sluukt ehr'n Arger rünner un bekickt sik Niklas sien Fööt. De Lütte hett recht. Links un rechts is vertuuscht, kannst woll düütlich sehn.

Also: Steveln wedder uttrecken. Geiht uk nich lichter as bi'n Antrecken. Un uk dat nee Antrecken geiht blots mit veel Stöten und Tarren un Trecken. Denn is dat schafft.

Man dor seggt Niklas: „Dat sünd nich mien Steveln!" Dat Frollein kriggt een gleihnigen Kopp. Un as de Mund jüst open gahn will, bitt se sik up de Tung, dat nu dat unschöön Wort, wat dor liggt, nich rutkann, man blots ehr beverige Stimm: „Worüm seggst du dat nu man eerst?"

Se geiht wedder in den Knee un gottsergeven tarrt se den Jung de verdreihten Steveln wedder von de Fööt. Dor staht se nu blangen sien Fööt un Niklas will nu dat Frollein verkloren, wat dat mit de Steveln up sik hett. „Dat sünd nich mien Steveln, de hört mien groten Broder to. Avers Mama hett hüüt morgen seggt, ik schull se vondaage man antrecken, wieldat dat buten so kolt is."

In dissen Momang weet dat Frollein nich, of se luut schreen or man still för sik hen wenen schall. Se nimmt ehr hele Knööv tohoop un stött un tarrt und treckt de Steveln wedder an Niklas sien lütte Fööt. Fardig!

Un denn fraagt se lichthartig den Jungen: „Un wo sünd nu dien Handschen?" Niklas anter ehr mit'n en truschullig Gesicht: „De heff ik vonmorgen vörn in den Steveln stoppt!"

Fröhjohrsbaden

De Eerd is swatt
un hart un natt,
mennigmaal is't an't Sneen.
De Wind weiht kolt
dör Goorn un Holt.
Keen Farv is narms to sehn.

Denn straakt mit 'nmal
een Sünnenstrahl
dat kolle, dode Land,
so sacht un lies,
warrst bald nich wies,
mit siene warme Hand.

Doch kiek, wat 's dat?
Dor röögt sik wat,
brickt dör de swatte Eerd.
So lütt un gröön,
fien antosehn.
Hett sik woll meist verfehrt.

De Kiem sik reckt,
sien Bläder treckt
he ut de Eerd, so kolt.
Een Blööt sitt binn'n,
geel as de Sünn
lücht se in Goorn so stolt.

Un denn mit 'nmal,
sühst överall
de Osterklocken blöhn
as Fröhjohrsbaad
in'n geelen Staat,
so stevig un so schöön.

Grote Süster

Dor sünd al woll 'n poor Johr in't Land gahn. Use Söhn Olaf weer in Kiel an't Studeern. Af un an kööm he för'n poor Daag na Huus, dat he mal reell wat in 't Lief kreeg un sik von dat vele Studeern - dat tominnst hett he us vertellt - 'n beten verhalen kunn. Meisttiets bröch he uk noch'n groten Büdel schietige Wäsch mit.

Nu weer da wedder so wiet. As he so in de Döör keem, sehg he man 'n beten afreten ut in sien afschüerten Jeans un dat griese Sweat-shirt mit so'n utleierten Parker dor över, wat ja woll vondaag de Studenten-Kledaasch is. „Ochott Jung, du harrst di uk man wat be-ter antrecken kunnt, wenn du bi us to Besöök kummst. Wat schöölt de Lüüd blots von di denken," sä mien Fro schüttkoppen. „Dat is al mien best Kledaasch," anter he, „ Dat driggt man hüüttodaags so!"

„Nu kumm man eerst rin. Koffi un Koken steiht al up den Disch." Dat leet he sik nich tweemal seggen un - so gau kunnst nich kieken - harr he al'n groot Stück Plumenkoken up. Dat gefüllt use Mudder. Dat twete Stück leeg al op Olaf sien Teller. He harr ja woll lang so recht nich mehr wat to Eten kregen.

Na so'n ganze Wiel keem se noch mal up sien Kledaasch to snacken, dat leet ehr keen Roh nich. „Kannst di nich mal'n flotten Pullover köpen un'ne fiene Büx dorto? Du sühst ja meist gresig ut." So licht geev se dat nich to. „Ach Mama, du weetst doch, dat ik jümmer klamm bün in mien Pottjemonottje. Wenn de Kledaasch man warm is! Un so'n schieren Keerl as ik bün, de hett sücke fienen Klamotten gor nich nödig." Dat weer ehr nu to veel. „Morgen fröh gaht wi in de Stadt und ik koop di wat Nees to'n antrecken. Dat kann een ja nich mit ankieken!"

Us Jung leet sik dat man to geern gefallen, wat schull he uk woll nich, wenn sien Mudder ehre Knippen opmöök. Man so licht weer dat nich, wat to finnen, wat em uk passen de. Olaf weer een groten Kerl worrn von bald twee Meters un överall weern em den Arms to kort. Un gefallen schull em dat ja uk noch. So schlepte Mudder em von Kledaasch-Höker na Kledaasch-Höker.

Amenn weern se bi C un A lannt. Uk dor söchen se'n ganze Tiet twü-schen de Kledaaschstänners hen un her. Avers denn hüngen dor'n poor Pullovers, de em woll topass weern. He söch sik dree herut, güng in de lütt Kamer un probeer se an. Un denn stünn he dor mit de dree Pullovers. „Un wecken schall ik denn nu nehmen? Passen doot se all dree ganz goot," fröög he sien Mudder. „Also ik mag se all dree ja woll för di lieden, avers de gröne dor, de steiht di besünners goot," weer Mudder ehren groten Söhn an't answarmen. „Nee, ik weet nich, de süht doch'n beeten ooltbacksch ut."

Siet'n ganze Tiet stünn dor al'n Verköpersch nich wiet weg, de sik de Sökeree von use beiden ankieken de. Se harr all överleggt, of se ehre Hülpe anbeden schull. Avers se wull de beiden ja nich nödigen. Nu müß se avers wat dorto seggen, dat güng nu nich mehr anners, un se meen to Olaf: „Nun hören sie man ruhig auf Ihre große Schwester. Die hat wirklich Geschmack!"

Mien Fro hett ehrn Söhn denn twee Pullovers köfft. „Große Schwester", dor güng de Knippen duppelt up. Na ja - ik heff dat ja al seggt: Dor sünd nu al'n poor Johr in't Land gahn.

❁❁❁

Lütt Olaf as Schandarm

Lütt Olaf is goot dree Johr oolt. He is een plietschen un stevigen Keerl. Mit Legos boen kann he as'n Ollen, to geern speelt he mit sien Matchbox-Autos, man opleevst is he buten in Goorn or up den Speelplatz. Denn is he een Ritter or Schandarm or Astronaut un levt in sien egen Phantasie-Welt.

Sien Mudder mott wat inkopen. Sodenn kummt Olaf sien lütte Süster Karin in Kinnerwagen, un den geiht dat los na den Koopmann hen. Olaf draff den Kinnerwagen schuben. An ehren Weg liggt en Speelplatz. Olaf will nu nich wieter. He will hier blieven un speelen, un to'n Inkopen hett he överhaupt keen Lust nich.

Dor kummt sien Mudder in de Bedrullje. Kann se een dreijöhrigen Jungen alleen op den Speelplatz laten? Veel anner Kinner sünd dor ja nich op den Speelplatz, un de sünd uk al 'n beten grötter as Olaf. Un de Koopmann is uk man blots jüst över de Straten.

„Köönt ji mal een Oge op dissen Lütten hier hebben!" seggt se to de annern Kinner un to Olaf: „Bliev hier un tööv op mi. Ik kaam forts von't Inkopen trüch." Dormit schufft se mit den Kinnerwagen los. As se na so'n Viddelstunn ut den Laden kummt un op den Speelplatz tostüürt, is ehr Söhn wiet un siet nich to sehn. Se will de annern Kinner fragen, avers de sünd uk nich mehr dor. Se suust mit den Kinnerwagen von een Klattergerüst na dat annere, na de Rutsche und de Schaukel. Keen Olaf! Uk in dat lütte Speelhuus is he nich. Ehr Hart kloppt ehr bit to'n Hals und mit wiet opreten Ogen löppt se de Straten hendaal un röppt in een Tuur na ehren Olaf. Mann, he is weg!

Harrst du em man blots nich alleen op den Speelplatz laten! Dat slechte Geweten un de Angst üm ehren Jungen nimmt ehr de Luft. Nu de annern Straten daal. Keen Olaf! Dor is doch de Kinnergoorn blangen den Speelplatz. Uk keen Olaf! Avers een von de Kinnerfroon meent, dat dor jüst de Schandarms anropen harrn. Se harrn fraagt, of se een von ehre Kinner missen dään. Se harrn dor so'n lütten Jung op de Wache, de heet woll Olaf un harr sien Mama verloorn.

De Wache is twee Straten wieter. In Loopschritt jachtert Olafs Mudder mit ehrn Kinnernwagen un de lütte Karin binnen na de Polizei. Se ritt de Döör von de Wachstuuv op. Dor sitt Olaf op den Tresen, is een Appel an't kauen un de dree Schandarms, de blangenan staht, wat an't vertellen. Olafs Mudder scheet de Tranen in de Ogen un se nimmt ehren Söhn in Arm. „Worüm büst du denn an't wenen, Mama?" fraagt Olaf. „Ik hebb di doch överall söcht. Woso büst du hier?" antert se mit en beverige Stimm.

Un denn vertellt Olaf: He harr sik mit een von den annern Kinner op den Speelplatz vertöörnt. Un denn harr he keen Lust mehr to'n Spelen un weer na den Laden lopen, avers Mama harr he nich funnen. Un denn weer he de Straten langs lopen un harr jümmer liesen „Mama! Mama!" ropen. Dor hett em en fründliche Oma bemött. Se hett em fragt, wor denn sien Mama weer. Un as he dat nich wüss, hett se em hierher na de Schandarms bröcht. Un denn meent he noch: „Wenn ik mal groot bün, warr ik uk Schandarm. Un Tante Meier is hier in Keller."

Nevelmaand - November

Güstern noch de roden Appels
lücht in'n güllen Sünnenschien,
vör de Huuswand an't Gelänner
hangt de sworen Druven Wien.

Un in Goorn achter de Astern
Kürbis groot un drall un bunt
deit us Fülle, Segen, Leven
elkeen Johr von Nee'n kund.

Vondaag nu Storm huult dör de Bööm,
ritt af de geel'n un roden Bläder.
De Külle kruppt dör Holt un Feld
mit Regenschuur un Ahneweder.

Un Nevel suggt sacht all de Farv
ut Böhm un Strüker, Planten, Blomen.
So gries un mööd liggt nu dat Land,
Frost, Ies un Snee schall bald woll kamen.

De Nevelmaand, de gries November
is för de Welt een lütten Dood.
Doch nich dat Enn, wiel dör dat Starven
warrt nee dat Leven wedder groot.

Retour-Kutsch

Dor stünn he nu an't Graff. Achtundörtig Johr is he mit ehr verheiraad ween, un nu geiht se af in de Kuhl, sien Fro. He weer an Schüttkoppen un de Tranen lepen em daal - he kunn dat eenfach nich verstahn. Mit siene goot sösstig Johr schull he nu alleen blieven? Dat kunn he överhaupt nich. Ne, dat güng nich! Nich, dat he nich alleen trecht keem. He kunn kaken, keem mit de Waschmaschien un den Huulbessen kloor, man den heelen Dag alleen in dat grote Huus, dat kunn he nich un dat wull he nich uthollen.

Wenn man uk in sien beste Stuuv jümmers en Licht blangen dat Bild von sien Fro brennen dä un de swarte Binner künnig möök, dat he noch in Truur weer, dennso weer he doch - as Pensionär harr he ja Tiet - mit sien Auto in de heele Gegend ünnerwegens. Dat geev keen Kroog un Gasthuus, in de he nich inkehren dä, un jümmers woneem wat los weer an Fest un Fier un vele Minschen tohoop kemen, dor weer he to finnen. Dat müss doch noch annerwegens een Fro in sien Öller geven, de so as he uk alleen weer, un de villicht de Eensamkeit uk nich so goot afkunn, so as he.

Tja, sogoor so'n „Partnervermittlungs-Institut" hett he den Opdrag geven, se schullen mal'n Fro för em söken. Dat hett em veel Geld kost, man een funnen, de em topass weer, harrn se nich.

Nee, dat keem heel anners. Dor geev dat woll bald een Froonsminsch, mit de weer he al'n beten togang kamen. Se weer wat jünger as he un müss as Schoolsekretärin noch elkeen Dag na Arbeit gahn. Dat weer avers nich na sien Möög, wieldat he wedder den heelen Dag meist alleen rümpüttschern müss, wenn se uk een stevige un plietsche Persoon weer.

Nee, de Tofall, annere seggt us Herrgott, hett em hulpen. Siet'n poor Johr weer he zuckerkrank. He harr dat mit Tabletten und Oppassen bi'n Eten goot togang. Man af un an överkööm em de „Unterzucker". Denn weer em swinnelig tomoot, un he müss gau een Stück Zucker or Schokolaad eten, denn güng em dat fix wedder beter. So weer dat uk, as he mal op den Parkplatz bi Aldi ut sien Auto utstiegen wull un denn vör Swinnel up de Knee keem. Süh, un blangen sien Auto stünn een anner Auto, dor steeg jüst een Fro ut. De sehg em un keem forts anlopen, dat se em helpen wull.

De „Unterzucker" weer fix överstahn un kiek, dor kemen de beiden fien an't Snacken. Kort geseggt: Se weer uk'n Wittfro un weer mal'n Krögersch ween mit'n lütt Hotel darbi un een Tante-Emma-Laden un de Poststeed: Post-Lene, as elkeen to ehr sä. Se harr över dit un dat un de un den jümmers wat to vertellen. Dat sä üm bannig to. Se kemen so goot miteenanner kloor, dat se wat miteenanner anfüngen. Ja, un na een goot Viddeljohr is dor denn woll Leev ut worrn.

Wieldat us beiden ja nich mehr so heel frisch weern, harrn se sik seggt: So veel Tiet blifft us nich mehr na. Op wat schöölt wi noch töven. Wenn he mit sien Truurjohr dörch weer, dennso wullen se Hochtiet maken. Man dor geev dat noch een Problem: Wat sien twee Kinner dor woll to seggen dään, wenn he mit'n nee Stiefmudder bi jem anklööm. Öllern or Swiegeröllern weern dor ja nich mehr, de he sien Bruut vörstellen or bi de he üm ehr Hand anhollen müss. Avers de Kinner kunn he jo woll nich buten vörlaten.

Sien Kinner harrn al lang een egen Familie. Mit sien Dochter wull he dat ja woll bald op de Reeg kriegen. Avers sien Söhn! As de dunntomalen mit sien Deern bi em anklööm, dor hett he em doch bannig veel Steen in'n Weg leggt: De Deern is ja veel to jung, so recht hett se nix an de Hacken, un mit de Snuut jümmers vör weg, dat hööört sik nich, een Studeerte is se ja uk nich, un överhaupt passt se nich in us Familie. Sien Söhn hett dat dunntomalen dörchhollen un hett sien Monika heiraad.

Avers wenn he nu mit „sien Deer" bi em ankeem, denn müss he ja woll mit de Retourkutsch reken. Egaal, se müssen dor dörch. Wat sien Söhn packt hett, dat schull he ja uk woll henkriegen. Se mellen sik bi sien Söhn to'n Besöök an. Mit Hartpuckern as so'n verlevten Jungkerl steeg he mit sien Lene in't Auto, mit noch mehr Hartpuckern kemen se bi sien Söhn an, un dat Hart seet em woll in de Büx, as he to sien Söhn denn sä, dat se nu woll bald heiraden wullen. Un sien Söhn, de weer dor forts mit inverstahn. Wat kunn em woll beter passeern, as dat dat sien Vadder goot güng. An den Johresdag von dat Gräffnis güngen se vör't Amt, een Week later in de Kark, un denn geev dat een grote Fier mit all Kinner und Stiefkinner un Enkelkinner. Man twee Johr later hett he bi'n Footballspeel vör den Kiekkassen een Herzinfarkt kreegen un is dor bi doot bleven. Sien Hart harr veel to fröh ophört to puckern.

Un de Bibel hett doch recht

Na School güng he woll teemlich geern, de lütte Jonas. He weer nu in de tweete Klass. Reken kunn he bannig goot, un uk mit dat Lesen un dat Schrieven güng dat fix vöran. Man opleevst harr he de Stünn, wenn de Schoolmestersch Geschichten vörlesen dä, un an allerleevsten de Geschichten ut de Bibel. Meist de Geschichten ut dat Olle Testament gefüllen em so goot, woans use Herrgott so mit de Minschen togang kamen is, wenn de faken nich so wullen, as he woll wull. Ja, denn söch use Herrgott sik een von de Minschen ut un möök em to een Prophet, un de müß de annern vertellen, wat se sik nu betern schullen.

Ja, un so een Prophet, dat weer uk de Jonas, von den use lütte Jonas ja woll sien Naam kregen harr. Usen Herrgott gefüll dat överhaupt nich, wor dat in de grote Stadt Ninive togüng. He greep sik also den Jonas un sä to em: „Du büst nu mien Prophet. Gah na Ninive hen un vertell de Lüüd dor, dat dat so nich wiedergahn kann, anners gifft dat wat."

Man de Jonas, dat weer een grote Bangbüx. He sehg uk partu nich in, wo he dorto keem, de Lüüd in Ninive to vertellen, dat se nu mit Legen un Bedregen un all de annern swienschen Saken ophören schullen, un jem so een slecht Geweten to maken. He sä sik: Nix, as weg! So güng he op een Schipp un dach sik, dat de Herrgott em op dat grote Meer ja woll nich finnen schull. Dor harr he sik mit usen allweten Herrgott woll so'n beten versehn.

De wull em dat woll wiesen, eenfach uttokniepen. He leet een gewaltigen Storm över dat Schipp daalbrusen. De Seelüüd un den Jonas överkeem een Groon un Gresen, un se dachen, dat güng mit jem woll nu to Enn.

Dor sehg Jonas in un geev dat uk to, dat he dor woll Schuld an weer an dat grote Unglück. Se schullen em man över Bord smieten und so usen Herrgott begöschen. Dat dään se denn uk. Süh, dor weer de Storm foorts vörbi. Man, us Herrgott harr jümmers noch een Oog op den Jonas un leet em nu nich eenfach versupen. He leet een heel groten Fisch kamen, woll een Waalfisch - wat ja egenlich goor keen Fisch nich is, avers dat is een anner Geschicht - de slöök den Jonas mit een Happs daal.

As Jonas dor nu in Düüstern in den groten Maag von den Waalfisch seet, simmeleer he hen un her. Ja, he müß dat woll doon, wat use Herrgott von em verlangen dä. Laterhen speeg de Waalfisch em wedder an dat dröge Land, un Jonas kunn sien Opdrag utföhren.

Wieldat de Schoolmestersch al maal wat von „Historisch-kritische Bibelauslegung" höört harr, verklookfidel se nu de Kinner, dat so een Waalfisch, wenn he uk man noch so groot is, nienich würklich een helen Minschen daalsluken kunn, dorför weer sien Halslock veel to lütt.

„Avers dat steiht doch so in de Bibel!", güng de lütte Jonas dor gegenan. „Un wat in de Bibel steiht, dat is wohr! De Bibel hett jümmers recht. Dat hest du us sülven vertellt." De Schoolmestersch wüß nich so recht, wat se den Jonas antern schull un seet nu böös in de Kniep.

Dor meen Jonas, de dat woll marken dä: „Wenn ik mal doot bleven bün un in den Heven kaam, denn will ik den Jonas woll fragen."
„Un wenn de Jonas in de Höll kamen is?", meen dor de Schoolmestersch. „Denn fraagst du em!", anter de lütte Jonas.

Marie-Luise Hoppe

Wanna

Blomen laat in'n Harvst

Dörschüddelt,
plunterig,
tweireten,
verwunndt,
un bleiht doch.
Ok een mööd Gesicht
kann noch smuustern.

❁❁❁

Levenskraft

Tonicht maakt dat Nest,
freten die Eier,
vergevens de Möh,
allens för de Katt.

Un doch
sitt de Vagel wedder
op een grönen Twieg
un fleit.

❁❁❁

Harvstgold

Dat heet, du büst de schöönste Tiet,
mit all dien warmen Sünnenstrahlen.
In Holt un Wischen wiet un siet,
büst du de allerschöönste Tiet.

Di glückt dat, elkeen Boom un Wried
in Root un Geel un Guld to malen.
Dat heet, du büst de schöönste Tiet,
mit all dien Sünnenstrahlen.

Dat kann he verstahn

Wat is denn vondaag mit de Schoolmestersch loos? De schient jo reinweg jiddelig. Egalweg fummelt de an ehre Fingers rum. Wat schall sowat denn?

De lüttje Tim ut de tweete Klass kann gar nich mehr recht oppassen. Sien Ogen kiekt blots noch na Fro Albers ehre Hannen. Amenn platzt em de Kragen. Teemlich forsch seggt he to sien Lehrersch: „Höör doch mal op an diene Fingers rumtograbbeln. Dat maakt mi jo ganz nervöös."

Jungedi, sowat harr de Schoolmestersch woll noch nie vun een lütten Jung to höörn kregen. Aver se bewunner sien Moot. As se sik vun den eersten Schreck verhaalt harr, anter se ganz sinnig: „Ja, mien Jung, dor hest du ganz Recht. Dat Rumspelen an de Finger is wohrhaftig een ganz dösig Oort un Wies. Dat mutt ik mi mal fix afgewöhnen."

Tim is mitledig: „Ach", seggt he, „nimm di dat man nich so to Harten. Ik kenn dat goot. Ik heff dat jo fröher ok maakt."

Een lütt Licht in'n Düüstern

Se sitt mi gegenöver. Ik seh ehr vör mi, as wenn dat eerst güstern weer. Jümmer wedder tütt se ehr Snuufdook ut de Tasch un wischt sik de Ogen. De dicken Tranen rollt ehr övert Gesicht. Vör een dreeviddel Johr hett se ehr Swester op'n Karkhoff brocht. De Lengen na ehr warrt jümmer grötter.

„Ach", seggt se, „verstahn kann dat woll blot een, de sülven een leven Minsch verloorn hett." Mitmal fangt se an to vertellen: Se sülm geiht bald op achtig to. Twintig Johr lang hett se sik um ehr ole Swester kümmert. De twee hebbt veel tosamen ünnernahmen. Se sünd reist un wannert, un hebbt sik allens anvertroot. Aver in de letzte Tiet weer dat Leven swoor worrn. De Swester mit över negentig Johrn wörr vergetern. Nu müß se für ehr mitdinken un planen. Un denn keem unvermodens dat Enn.

Na dat Gräffnis hett se de Wohnung utrüümt, un bi allens, wat se in Hannen harr, keem dat Besinnen op de gemeensame Tiet. Rundüm de Minschen kunnen ehr Truur nich so recht verstahn. „Schall se doch tofreden ween, dat se de Plaag mit ehr ole Swester los is, hett woll mennigeen dacht. Kuum een Minsch is dat wies worm, wo trurig un verlaten se sik föhl, un wo eensam dat mitmal weer. Keen Minsch weer mehr dor, keen Opgaav mehr, und deep in ehr Hart de Fraag: „ Wat warrt ut mi, wenn ik sülvst Hölp bruuk?"

So löppt se benaut un mootlos dör de Gegend as een, de wat verloorn hett, und dat nich finnen kann. Een's Morgens kummt se trurig in den Bäckerladen. Se will sik een poor Brötchen köpen. As se de Tuut to faten kriggt, liggt baven op een Roos.

De Bäckersfroo hett markt, wat nödig is. Düssen Morrn is für ehr to'n eerstenmal wedder de Sünn opgahn.

Een Wunnerboom

„Hest mal'n Bonschen für mi?" beddelt Sabine ehr Fründin Meike. Se harr bannig Smacht na Sötigkeiten, wieldat se tohuus man blots Röbensirup kreeg. Dat geev jo na den Krieg kuum Zucker, un vun annern Snabbelkraam kunn een blots drömen. Meikes Opa kreeg aver domaals af un an een Paket ut Amerika, un dor weern denn ok mal Bonschen in, or Schokolaad.

Aver wenn dat an de Bonschen güng, denn weer Meike teemlich knickerig. Denn weer dat ut mit den Spaaß. Se müch jo sülbens so geern snökern. Dor müss Sabine sik al een beten wat infallen laten, dat se ok mal an een söötsuurn Drops rankeem.

„Weest wat?", weer se an't Babbeln, „wi köönt jo mal tuuschen!" Se wull ehr Fründin dat mal verklooktiedeln: „Bi us op den Hoff, dor steiht een Parlenboom. Wokeen dor rinklattert, findt twüschen luter Blöör bannig veel Keden mit luter lüttje gröne Parlen. Wenn ik di so een Parlenkeed mitbring, krieg ik denn dorfür een Bonschen?"

„Dat glööv ik nich, sowat gifft dat jo gor nich, een Parlenboom. Dat hest du di woll utdacht?" antert Meike teemlich füünsch. Sowat lett Sabine nich op sik sitten: „Kumm hüüt namiddag her na us, denn kannst du sülbens sehn, woans dat is mit den Parlenboom."

So as se dat afmaakt hebbt, draapt sik de beiden bi Sabine. „Nu wies mi mal den Wunnerboom", füddert Meike. Dat duurt nich lang, dor klattert de Göörn in een Flederbeerboom. Se sünd knapp to sehn. Mitmal dröhnt ut dat dichte Blattwark een vergnöögt Kinnerlachen: „Hier sünd se, hier sünd se, de Parlen. Ik heff jem funnen", röppt Meike. „Dat is jo wahrhaftog een Töverboom, sowat heff ik mien Leevdag noch nich sehn", weer Meike an't Juuchen.

„Wüllt wi nu tuuschen?" fraagt Sabine neeschierig. „För een Strippel Parlen krieg ik een Bonschen ?" De Hannel warrt afsloten. Vun düssen Dag an warrt Sabine jeden Dag um een Bonschen, un Meike um een Parlenkeed rieker.

Aver Meike will dat nu nipp un nau weten: „Bi wat für een Goorner hebbt ji den Boom egentlich köfft? So een schüllt mien Papa un Mama ok bi us anplanten."

„Dat geiht nich", meent Sabine, „düssen Parlenboom gifft dat blots eenmal op de hele Welt." Eerst as de Harvst de Blöör vun de Bööm puust harr, dor kemen se achter dat Geheemnis: Boben in den Hollerboom hüng een olen Lampenschirm mit lange, gröne Parlenfransen.

Sabine full dat wedder in, dat düsse Lampenschirm fröher mal in Oma ehr Stuuv hungen harr. Wo de in den Hollerbusch kamen weer? Keen kunn dat noch weten? Goot, dat se in'n Sommer noch nich ahnt hebbt, wat dat op sik harr mit den Parlenboom. Amenn weer denn dat Tuuschgeschäft gor nich in Gang kamen?

Harvststörm

De Harvststörm geiht nu dull tokehr,
stöövt över Feld un Watt,
kahl sünd de Bööm, denn Blatt üm Blatt
vergeiht un warrt to Eer.

Wo blifft all Prunk ut Sommertiet,
dat Füür ut Root un Gold?
To sehn is blots dat blanke Holt,
Gerippen wiet un siet.

Un doch is so een kahlen Ries
een herrlich Wunnerwark:
De ole Stamm steiht fast un stark,
sien Telgen swiestert lies,

un reckt un streckt den Heven to,
schier bit to'n Wulkensuum.
Ik stah dorvör, begriep dat kuum,
un bün vun Harten froh.

De Harvstwind geiht nu dull tokehr,
bringt mit sik Noot un Leed,
toschannen maakt he blots dat Kleed,
de Stamm sett sik to Wehr.

Wokeen sien Wuddeln stark un dicht,
un fasten Grund noog hett,
verleert, ok wenn he Blöder lett,
Hollfast un Höpen nicht.

Keen harr dat dacht?

Wat für een Glück! De beiden olen Lüüd hebbt de Kriegstiet halfweegs goot överstahn. Un nu is Willi un Meta dat ok noch vergünnt, dat se ehr Diamanten Hochtiet fiern köönt. Nee, so groot schall dat Fest nich warrn. Dorto hebbt se jo gor keen Geld. Aver so'n beten wat wüllt se man op de Been stellen.

Sößtig Johr dör Dick un Dünn steveln, dat is doch wat. Dat gifft man wenig Ehelüüd, de ehr Diamanten Hochtiet beleven köönt. Schaad, dat de Söhn ut Amerika nich dorbi ween kann. Aver sien Gedanken sünd jümmer bi sien Öllern. Lange Tiet vördem is he an't Simmeleern, mit wat he woll de olen Lüüd to ehrn Ehrendag een Freid maken kann?

Nu hett he opletzt een wunnerboren Infall: Vör korte Tiet hett doch in sien Heimatdörp in Düütschland Fritz Holthuus een Geschäft opmaakt. De verköfft neben annert Warktüüg ok Radios. Dat is doch wat! Bi Vadder un Mudder warrt dat mit dat Lesen slechter, aver Radio höörn, dat kann jem een beten de wiete Welt in't Huus bringen. Fritz Holthuus kriggt den Opdrag, an den Hochtietsdag een lütten feinen Klöönkassen na Willi un Meta hintobringen.

He freit sik all bannig darop, dat Jubelpoor mit so een besönnert Geschenk to överrumpeln. Nu is dat sowiet. De Hochttietsdag is kamen. Fritz packt sien Radio fein in een Pappkassen un geiht na dat Diamanten Hochtietspoor „Ik schall jo een hartlichen Glückwunsch vun jo'n Jung ut Amerika överbringen", seggt Holthuus. „Mit dit Geschenk will he jo een sönnerlich grode Freid maken."

Neeschierig töven Willi un Meta, bit Fritz dat Geschenk utpackt. As Willi den Klönkassen to sehn kriggt, springt he ganz füünsch op un schafutert: „Sowat dat kummt mi nich in't Huus. Pack dct fix wedder in, un seh to, dat du dormit weg kummst. Dat eerste Schipp, wat du op de Elv sühst, schall den Kassen mitnehmen na Hamborg."

Fritz Holthuus glöövt, he höört nich recht. „Worüm wullt du dat denn nich hebben?" fraagt he den vergrellten Brögam.
„Ne, so een niemoodschen Kram bruukt wi nich. Köst blot unnütz Stroom", antert Willi. So gau lett Fritz sik aver nich afschuven. „Ik will jo dat aver tominnst mal richtig wiesen."

Sachten begööscht he den Wuutkopp un söcht een Steckdoos. Kuum is de Kassen inschalt, klingt ut dat Radio dat ole Volksleed: „Am Brunnen vor dem Tore, da steht ein Lindenbaum." Dat is jüst Willi sien leevste Melodie. Willi is einfach baff. He lett sik in't Sofa fallen, blangen sien leve Meta, nimmt ehr bi de Hand, un de beiden luustert andächtig. Dit „Wunnerding" maakt jem so veel Höög, dat se meist nich noog dorvun kriegen köönt.

De tokamen Daag dröhnt dat ganze Huus vun Musik un vun de Snackeree ut dat Radio. Dinkt Willi villicht gornich mehr doran, dat dat ok Strom köst? Eenes Avends vergitt he sogoor den Klönkassen uttoknipsen, as he na'n Bett geiht. Midden in de Nacht is he för Gewalt mit sien Been an't Strampeln: Een, twee, dree, veer. Jümmer egalweg een, twee, dree, veer ...

Meta waakt op un fraagt: „Willi, geiht di dat nich goot? Worüm büst du denn so wrangelig? Kannst nich slapen? Hest woll toveel starken Koffie drunken?" - „Meta, Meta, hôör doch blot mal den tackigen Marsch in dat Radio. Kumm, stah gau op un laat us een danzen!"

„Dü büst woll reinweg jipperig, Willi. De Dudelkassen hett di jo ganz verännert", swiestert Meta, dreiht sik op de anner Siet und slöppt wieder. Keen harr dat woll dacht, dat so een niemoodschen „Düvelskassen" de olen Lüüd wedder jung warrn lett, un jem so veel Plaiseer maakt?
Wo goot, dat de Kassen nich op de Elv lannt is.

Levensschool

Hilde is bi't Opkloren. Wo lang all steiht de Bööön full mit dusend Saken, de se egentlich nich mehr bruukt, un de jümmer wedder vun een Eck in de anner stellt warrt. Mitmal fallt ehr wat in de Hannen, wat ehr nich mehr looslaten will: Een oolt hölern Fröhstücksbrett, fein bemaalt un schreven mit düssen Spruch: „De sik will ehrlich ernähren, mutt veel flicken un wenig vertehren."

Weer dat nich een Geschenk vun ehr'n Schoolmester ween? De harr dat egenhannig maakt in de siechte Tiet na den 2. Weltkrieg as dat nix to köpen geev. Mit dat Opkloren is dat nu fix vörbi. Hildes Gedanken gaht trüch na ehr Schooltiet. Gau löppt se röver na ehr Naversch Lisa. De hett fröher blangen ehr de Schoolbank drückt.

As se de dat Holtbrett wiest, springt Lisa vergnöögt op un meent: „Wo hest dat funnen? Dat is doch vun Schoolmester Mertens." Un nu geiht dat Vertellen loos. 1945 keem Hans Mertens ut engelsch Gefangenschop. He kunn as Schoolmester de eenklassige School in dat lüttje Dörp övernehmen. „Weest dat noch, wo de hier domaals ankeem?" fraagt Hilde. „He harr man blot sien farvte Uniform op'n Lief, un Holschen an de Fööt. Ünnerkamen is he de eerste Tiet bi een Buurn. Dat Schoolhuus weer noch bewahnt vun een Flüchtlingsfamilie." Bi lütten worr dat een beten beter.

Dat Schoolhuus kunn vun de Schölers bruukt warrn. De Lehrer un sien Fro tögen ok in dat Huus mit in. Aver wo een mit den Alldag togang keem, dat müss jeder för sik sülvst ruutfinnen. Wat för een Glück harrn se domaals hatt, dat so een plietschen, anstelligen Schoolmester kamen weer, de ut nix noch wat maken kunn. För sien Wahnung hett he sik ut Barken un Rüsch Stöhl boot. Un för siene Schoolkinner leet he sik jeden Dag wat Neet infallen. An Schoolheften or Tafeln weer jo gar nich rantokamen.

„Kannst di dor noch op besinnen, wo wi op schreven hebbt?" fraagt Lisa. „Wiss doch", is de Antwoort. „Us Lehrer hett vun Dackpannen ut Schiefer för us Kinner Tafeln un Stiften maakt. So güng dat Schrieven bannig goot."

Aver de Kinner müssen ok ehr'n Deel mit doon. De grote Kanonenaven in den Klassenruum bruuk jo jümmer düchtig wat to freten. Een poor stämmige Jungs harrn de Opgaav, ut dat Schuur een grote

Kiep mit Holt un Törf to halen. Af un an fehl ok mal de een or annere Schöler. Wat müss de Schoolmester op den Entschülligungsbreef lesen? „Us Jan kann nich na School kamen, wieldat sien Holschen drückt un sien eenzig Poor Schoh sünd bi'n Schoster."

Hans Mertens verstünn dat op't Best, de Kinner för allens to intresseern. De Natuurkunnünnericht speel sik tomeist buten af. De Schölers planten Bööm, güngen in't Moor un luustern de Vagels to. In den groten Schoolmestergoorn weer noog Gelegenheit, all dat vele Grööntüüch kennen to lehren. Un keen vun de Schölers bi de Oornt mithelpen dä, för denn geev dat as Lohn een feine Pann vull Bratkartüffeln.

De Ümgegend wöör to Foot aflopen. Annere Verkehrsmiddel geev dat kuum un wenn dat keen Rietsticken geev, denn wies de Lehrer, wo een ok anners Füür maken kunn, to'n Bispill mit een Vergrötterungsglas un Sünnenlicht. Bit hüüttodaags hebbt de Minschen dat nich vergeten, woveel Leder de Lehrer mit sien Schölers sungen hett. Se hebbt ok veel maalt, klütert un Theater speelt. Sünnerlich to Wiehnachten worr de Deel op een Buurnhoff to een Festsaal. Dat hele Dörp weer denn op de Been, üm dat Wiehnachtsspeel vun de Schoolkinner mit to beleven.

Wo kann de Lehrer an een School, in de all Dörpskinner in een Ruum sünd, de Schölers noog bibringen? Dat geiht woll blots, wenn de Groten de Lütten bistaht un helpt. Schoolmester Hans Mertens is dat glückt, dat he de Kinner för dat Leven torüst hett. Na de högern School is domaals woll kuum een hinkamen. Wo schull dat gahn ohn Bus or Auto? Aver in een swore Tiet hebbt all de jungen Minschen lehrt, dat Leven modig antofaten.

Wenn Hilde un Lisa na een langet Leven trücht dinkt an ehre Schooltiet, kööntse dankbor seggen: „Dat weer de beste Levens-School". Üm dat nich ut den Sinn to kriegen, hangt Hilde dat ole Fröhstücksbrett mit den sinnigen Spruch an de Wand, dicht bi de Kökendöör.

Obendtiet

Vull Rauh un Freer is nu dat Land,
de Sünn versackt in't wiede Meer,
ik legg mien Arbeit ut de Hand,
vull Rauh un Freer is nu dat Land.

Ganz eensam dröömt de witte Strand,
üm düsse Tiet kummt keen mehr her.
Vull Rauh un Freer is nu dat Land,
de Sünn versackt in't wiede Meer.

❁❁❁

Alleen

Tohoop snackt hebbt se,
man sik nix seggt,

höört,
aver nix verstahn,

sik ankeken,
aver nich sehn,

dicht bienanner sünd se ween
un bleven doch alleen.

Mit Slips un Kragen

He wahnt eerst korte Tiet in de lütte Stadt. Allens is hier anners as wennt: Hier is dat natt un koolt. Em fehlt de warme Sünn. In sien südern Heimaat bruukt een nich so veel Kledaasch. Aver wenn een Utlänner as Dokter in Düütschland arbeiden will, denn mütt he jümmer goot in Tüüch ween. Een feinen Antog hett he sik all köfft, dorto een paßlich Binner, dat he man jo adrett utsütt, wenn he sik bi den nee'n Baas vörstellt.

Bi de Saak mit den Slips is allerdings een Knütt bi: Wo kriggt he den woll akkraat umtüdert? Sowat hett he jo noch nie maakt. He weet sik aver to helpen un geiht na sien Naversch. Amenn weet Alma Ahrens Raat? As de ole Froo to Wark geiht, will dat nich so recht glücken. Se is jo in sowat ok nich künnig. Ehr Willi hett fröher jümmer sülben sien Slips bunnen.

De junge Mann gifft nich op. Nu versöcht he dat bi Naver Schulz. De is jüst nich to Huus, un de Froonslüüd hebbt vun Binners keen Ahnung. Endlich probeert he dat sülvst vör den Spegel. So as dat ween schall, is dat aver nich. Blots de Slips verknudelt jümmer mehr. As he so in de Kniep sitt, kriggt he güntsiet de Straat Hemmann to sehn. De is dorbi sien Tuun to strieken. Mit den Slips in de Hand geiht he röver, un klaagt em sien Leed.

Hemmann duurt de Frömde. He nödigt em in't Huus. As he den verknüllten Binner süht, kummt em een goden Infall. Fix geiht he an sien Schapp, un söcht een ganze Handvull vun sien egen Slipsen rut. Nu dörf sik de Besöker een vun de bunten Binners utsöken. Hemmann kriggt dor ok gau Schick an, un de Binner sitt smuck, so as he sitten mutt.

Överglücklich stevelt de junge Utlänner na sien nee Deenststeer. Een poor Daag later find Hemmann vör sein Huusdöör een Kassen mit Pralinen. Blangenbi is een lütten Breef: „Vielen Dank, die Krawatte hat mir Glück gebracht!"

För Hemmann weer de Freid jüst so groot. Tokamen Johr will he mit den jungen Dokter een Avend ansetten, wo he dat Slipsbinnen öven kann. Vun düssen Dag an sünd ut Frömde Frünnen worrn. Keen hett dat ins dacht, dat een Slips to'n Fründschopsband warrn kann?

So een Esel

Dor leeg dat neeboorn Kind in de Weeg. Överglücklich weern de Öllern un frein sik, dat de lüttje Deern gesund op de Welt kamen weer. Blots wo se heten schull, dor weer'n sik Fritz un Anna noch nich enig. Wolang all harrn se vörher jümmer in so'n lütt Namenbook rumblöört, aver so recht wull jem nix topass kamen.

Över eens weer sik Fritz afsluut seker, he wüß wo de Lüttje op keen Fall heten schull: Irmgard! Irmgard Anders, dat weer sien Swester, de schull Paattante weern to dat Kind. Un egentlich harr dat jo fein passt, wenn ok de Lüttje Irmgard to heten keem.

Aver nee, Fritz harr fröher slechte Beleevnissen hatt mit den Naam. Dat keem so: As sien Swester noch lütt weer, lepen jümmers de Göörn achter ehr an un weern an't Foppen un Tarrn un schreen:

„Irmgard Anders, Irmgard Anders, i-a, i-a, i-a."

Un denn kemen bi den lütten Pööks de Tranen, un Mudder harr önnig wat dormit to doon, dat Kind to begööschen. Nee, un nochmaals nee, Irmgard, dat keem nich in Fraag.

Fritz und Anna bruken noch een poor Daag to'n Besinnen. Aver denn stevel Fritz stolt na dat Standesamt un geev den Naam vun sien lüttje Deern to Protokoll! Se harrn sik een feinen Naam utsöcht: Dat Kind schull heten:

„Ingrid Anders".

Valentin

Wi seten jüst kommodig mit Frünnen tohoop an den Kaffeedisch, as dat an de Huusdöör bimmel. Vör mi stünn een olen Mann. Sien griesen Hoor stünnen em tobarg un he weer teemlich pußaftig. Keen Wunner, he harr jo al dörtig Kilometer mit sien Fohrrad trüchleggt.

„Guuten Taaaag", sä he, „mein Name ist Valentin". Ik weet nich, wat för sönnerbore Gedanken mi mitmal dör den Kopp schöten: „Wat will de Keerl? Pass blots op!" - Een anner Stimm sä: „Laat den Frömden man nich vör de Döör stohn. Egentlich maakt he een goothartigen Indruck." So heff ik em rinnödigt, sik een beten to verpuusten, un mit us een Tass Kaffee to drinken. He nöhm de Inladung geern an, un seet nu een beten hülplos twüschen luter frömde Lüüd. Möhsam bröcht he rut, wat he op'n Harten harr: „Frau sehrrr krank, liegen in Hospital." He wies na de Hartgegend." Wir gekommen aus Bosnien."

Is dat wohr, wat he dor vertellt, or kann dat villicht een Bedreger ween, de mit dat Mitleed vun anner Minschen speelt? Wat kemen mi vör Gedanken. Bannig geern harr ik mehr vun em wüsst, aver mit de Spraak weer dat so een Malesch. He harr groten Döst na de Radfohrt. Jümmer wedder sä he: „Danke, danke."

Fründliche Ogen keken mi an, un he weer ganz bescheiden, de Valentin. Aver wat wull he? Amenn stünn he op un wull sik wedder op'n Padd moken. Aver denn nehm he all sien Moot tohoop un beed: „Bitte, ein wenig Geld für meine kranke Frau. Brauchen teure Medizin."

Kannst den armen Mann nich so weggahn laten, schallst em een beten hülpen, dach ik mi. Ik söcht mien Gildknipp un geev em een Schien, leet mi dat aver quittieren. Unbeholpen schreev, ne, he maal op een Zedel sien Naam un sien Adress.

Wo faken he „danke" seggt hett, dat weet ik nich mehr. Jümmer wedder drück he mi de Hannen, em stünnen de Tranen in de Ogen. Wo licht kann man een Minschen glücklich moken! As he sik mit dat Fohrrad op'n Padd möök, dreih he sik jümmer wedder üm un wünk.

De Tiet güng hin, vun den Frömden heff ik den ganzen Sommer nix mehr hööört, bit he eens Daags wedder vör de Huusdöör stünn, mit sien Fohrrad. Ditmol lach he mi to un wi begröten us, as wöörn wi Frünnen. Nee, dach ik, een de wedderkummt, de hett wiß keen Leegheit in sien Sinn. Wo dat sien Fro güng, wull ik weten. He schüttkoppt blots un keek teemlich mootloos. Dor wüss ik Bescheed, un geev em ditmal een Gildschien mit.

Een Johr later, an eenen warmen Sommeravend, keem Valentin dat dritte Maal. Sien Süstersöhn hett em herföhrt mit een Auto. De junge Keerl weer vör een Tietlang as Frömdarbeiter in Düütschland. He kunn sik goot verstännigen. Wi setten us eerstmal kommodig in usen Wintergoorn un leten us vun den jungen Mann de Levensgeschichte vun Valentin vertellen: In gode Tieden harr Valentin in sien bosnische Heimaat een eegen Soogeree un een lütten Buurnhoff hatt. Denn keem de Krieg, un de Familie müss mit dat, wat se op'n Lief harr, üm dat naakte Leven rönnen. In Land Hadeln fünnen se gode Opnohm, man blots mit de düütsche Spraak weer dat nich so licht.

Valentins Fro wöör swoor hartkrank. Nu liggt se al wekenlang op Intensivstation. Se schall woll bald na Huus kamen, aver se hett keen Levensmoot mehr. Se müch in ehr ole Heimaat starven. Wo schöölt se aver hin? Ehr egen Huus is bewahnt vun Serben, se köönt nich trüch. Dorüm is nu de Süstersöhn na Düütschland kamen, un will de beiden olen Lüüd mit sien Auto afhalen na Kroatien. De Anverwandten, de dor leevt, wöllt sik behelpen, un de beiden bi sik opnehmen.

Valentin seet still dorbi, veel kunn he nich verstahn. Af un an fröög de junge Mann sien Unkel wat in sien Heimaatspraak. Ik mark, wo schaneerlich de beiden dat weer, us noch eenmal üm Hülp antogahn. In de Hauptsaak harr sien Fro Medizin nödig, un de is düür. Keen kann woll een stenern Hart hebben, wenn een vun so een Schicksal to hören kriggt? Hier hett de Noot mitmal een Gesicht. Wi wüllt versöken to helpen.

De tokamen Nacht is dat nich recht wat mit den Slaap. Egaalweg müss ik an Valentin dinken. Ik vertell de Geschicht in usen Chor, all weern se de Menen: „Wi leggt wat tosamen!"

So reep ik Valentin un sien Süstersöhn an, se kunnen sik hier noch een lüttje Unnerstützung afhalen. An den jungen Mann harr ik de Beed, he müch bit to'n tokamen Maandag een Koort mit een lüttjen Dank för den Chor herschicken, denn de schull sik woll freien. Dat hett he mi geern toseggt. Mit een dicken Struuk Sünnenblomen för de kranke Fro hebbt wi us verafscheed.

Maandag keek ik in den Breefkassen, wiel ik op de Koort luurn dä. Nix to sehn. Schaad, dach ik, nu gaht Weken hin, bit dat de Chor ut de Ferien trüch is. Elkeen Dag keek ik no de Koort, aver vergeevs. Ik weer trurig. Harrn wi villicht doch een Bedreger opseten? Wenn dat so weer, denn harr de Keerl dat aver ganz vigeliensch anstellt. Nee, ik wull dat eenfach nich glöven.

Eenes Dags fünn ik een bunte Koort in den Breefkassen. De harr sik ganz achtern fastklemmt, un so harr ik de nich funnen. Wat weer ik froh! Nu weer de Welt wedder in Ornung.

De gröttste Freid aver weer, as to Wiehnachten een Koort keem ut Kroatien: „Alles gute zum Weihnachten und einen guten Rutsch in Neues Jahr. Valentin und Familie. - P.S. Wir werden euch nicht vergessen."

Wohin dormit?

Veel weer dor jo egentlich nich to nödig ween domaals, na den Krieg: Een beten Holt, een poor bunte Plünnen, een Pappkist, un veel Gedüür, Geschicklichkeit, un een plietschen Kopp. Den harr Heinz wiß hatt. Un so kregen sien twee lütten Deerns Uli un Sabine to Wiehnachten een Kaspertheater. Un wat för een! Mit veel Möh harr he mit sien Meß ut dat lütt Holtstück een Kaspergesicht sneden. Sowat geev dat op de hele Welt nich noch eenmal.

Un wo nüüdlich sehg de lütt Gretel ut. Jo, vör den Dübel dor kunnst reinweg bang weern. Un ok de Hex, den Putzmann, un den Köter Fips harr he fein hinkreegen. Wenn nu de bunte Vörhang - tosamenstückelt ut den Rest vun Omas ole Schört - opgüng, denn füng Heinz an to spelen. Un mitmal weer de Welt heel un vergnöögt in een lege Tiet. Later hett he lange Johr'n sien Enkelkinner mit dit eenzigoordige Kaspertheater veel Plaisier maakt.

Sien Dochter Uli is jung storben. De Enkelkinner sünd rutwussen ut dat „Kasper-Öller". Heinz hett een grote Kist packt für den Flohmarkt. Viellicht kunn he jo noch anner Kinner dormit een Freid maken?

As Heinz ganz unvermodens doot bleev, keem de Truur, dat Fragen un Besinnen. „Woneem is egentlich Vadders smucke Kaspertheater bleven?" will Sabine, de öllste Dochter, weten.

„Dat hett Vadder na'n Flohmarkt hinbrocht!" is de Antwoort. Sabine dreiht sik um un weent.

Anka Hüchting

Heerstedt

Unehelich?

Weeßt' dat noch? Dat is al'n poor Johr her, do hett doch in Norwegen een Kroonprinz een ganz eenfache Deern freet, so at in Märken! De grode Sensatschoon weer aver, de Deern harr een unehlicht Kind. Is dat nich'n gewaltigen Pedd na vörn für de ganze Sellschop? Sogoor de Pastoor hett seggt, de junge Fro kunn Vörbild wesen für all de Froon, de ehr Kinner alleen uptreckt. Dat is woll wohr, aver wat hett dat lang duurt, bit de Sellschop un uk de Kark dat Moralpreestern upgeven hebbt.

Mien Groottant Sophie Margret kunn veel ut de gode ole Tiet vertellen un se wüss besünners Bescheed över jüst dit Problem. Vör hunnert Johr is een in Schann komen Fro faken in'n Soot sprungen! Towielen harr de egen Familje ehr tohuus ruutsmeeten. Un wenn de Pastoor dor achter keem, dat de Deern wat „ünner de Schört" harr, hett he ehr afkanzelt un se dröff keen Sleier drägen, wenn se denn laterhen doch noch heiraad hett. Een ganz junget „Fräulein" kunn uk in de Stadt slecht dörkomen. Se funn keen Dack över'n Kopp un harr nix to bieten! Gung se mit een Kind, wull nüms ehr upnehmen! Uk de jungen Mannslüüd wussen nix dorvon, de Fro eenfach trüchtostöten! Welke sünd na so'n Malöör dunntomaal eenfach utwannert na Ameriko, harrn hier keen Chance mehr!

Jo, fröher geev dat uk oftins Finnelkinner, de lüttjen Babys wurrn eenfach bi de Bewohranstalt vör de Döör leggt. In Bremen weer üm 1920 een Stift, dat de lüttjen Würmer bit to'n tweeten Levensjohr hegen dä un dorno in een Familje in Pleeg geev. Bit dorhen weern de Lütten aver meisttiets al vermückert, wat harrn de in de eersten twee Johrn uk allens missen müßt! Welke kunnen noch nich mool lopen, weern teemlich jaulig un faken ganz verbiestert.

Towielen geev sik uk' n rieken Vadder to erkennen, un wenn he verheiraad weer, kunn he sik stillkens freeköpen un dat Kind wurr gegen Geld von frömde Lüüd or in'n Kripp uptogen! Un na'n letzten Krieg geev dat wedder Kinner „ohn Vadder" von frömde Soldoten. Harr een junge Deern sik goor mit een Swarten afgeben, wurr se von de Sellschop un de Familje verstött. Faken müß se ehr Dörp verloten, wiel de düütschen Jungs ehr'n Glatz snieden wullen!

Dat keem uk vör, dat een junge Deern unschullig to een Kind komen weer. Dunntomal woll aver nüms glöven, dat een Keerl ehr Gewalt andoon harr. Vondaag sind Kinner bi us hier raar wurrn! Junge Froon wüllt för nix in de Welt mehr ehr Kind afgeven. Sietdem dat de Pill gifft, hebbt de Froon bloots noch Wunschkinner, schull man menen.

Anners hebbt se aver uk veel Help von de Sellschop, von de Karken, un se kööont sik uk sülfst dörsetten! Se hebbt ehr egen Profeschoon! Un för vondaag in Noot komen Froon sünd in Hamborg un in Hannover Babyklappen inricht.

Un de jungen Mannslüüd? Uk de hebbt sik düchtig verännert. Hüdigendaags gifft dat sogoor Vadders, de ehre Kinner alleen uptreckt. Ik luur nu bloots dorup, dat een „eenfachen Mann" mit Kind een Kronprinzessin heiraden deit. Denn is de Welt jo woll heel in Ornung! -

Dat Woort „unehelich", gifft dat - schiens - jo uk gor nich mehr. De Kinner kööont den Naam von ehr Mudder, aver uk von ehrn Vadder kriegen. Bloots bi „Patchworkfamilien" - mien Kind, dien Kind, us Kind - kaam ik noch gau maal dörcheenanner. Geiht jo dat uk so ?

Beate Putzig

Oterndörp

Dat Beste

Hebbt ji nich ok mennigmol dat Geföhl, ji hebbt dat Beste verpasst in't Leben ? Dat Beste verpasst ??? - Over, wat is denn egentlich dat Beste? Fröher, as junge Deern, heff ik jümmers dacht: dat Beste weer woll een rieken Mann to heiroden, nich no de Arbeit hen möten un veel in de Welt rümkutscheern, dat weer dat Beste in de Welt.

Wenn'n de Werbung Glöven schenken draffst, denn stimmt dat over gor nich. Denn de seggt jo wat ganz anners: „Gilette - Für das Beste im Mann!" Wat heet dat denn? Sünd de Boorthoor etwa dat Beste, wat so'n Mann to beden hett? No, denn man „Veelen Dank", segg ik bloots. Oder schall dat bedüden, dat Utsehn an sik, is dat Beste an een Mann. An'n Mann? Vun een Fro glööv ik dat jo. Over vun'n Mann? Un wenn, denn is dat doch een Beleidigung für all de Mannslüüd, de sik een Boort toleggt hebbt. De seht denn jo mit Afsicht leeg ut. Un dorbi kummt sik doch jüst de Mannslüüd mit so'n snuckeligen Bort besünners snieke vör.

Blangenbi seggt, mien Olen hett jo ok so'n Suerkruut in't Gesicht rumhangen. Over, dat mag ik woll lieden. Em steiht dat. Eenmol heff ik em beden, dat Dings doch mol aftomoken. Bloots so, wiel ik doch mol neeschierig weer, wo he woll so ohn dat Suerkruut in'n Gesicht utsüht. Un wohrhaftig, eenen gooden Dags - wi harrn jüst so'n poor Doog free - dor hett he dat würklich doon. Heff ik mi verjoogt.

Toeerst heff ik opjuucht (- weest so: „ Uchuttuchutt" -). Wat wull denn de fremde Kerl dor in mien Köök? Over denn heff ik ganz genau henkeken un dacht: No, den Kerl kennst doch. Un denn mit dat Hemd un de Büx! Dat mutt doch mien Hinnerk ween!

„No, wat seggst nu?" hett he mi froogt un hett mi dorbi ganz erwartungsvull ankeken. „Jo-o-o", heff ik tögerlich ruutbröcht un dorbi ganz gau överleggt, wo ik em nu seggen schull, wat he doch för'n verschroven Gesicht harr. „Interessant", heff ik denn suutje anfungen - dat seggt mien Fründin Uschi jümmers, wenn se nich togeven will, dat se wat nich versteiht orrer wat ganz un gor gräsig find. „Würklich interessant. Ik wuss jo gor nich, dat so'n Kerl in di steken deit." Un dor strohlt mien Göttergatte.

„Ober, schall ik di wat verroden? Mit Boort find ik di noch veel interessanter. Dat is enerwegens afwesselnsrieker. So mit de veelen Farven in't Gesicht."

„Veele Farven?" fröög he. - „No jo, de veelen Schattierungen vun gries eben", sä ik. - „Wullt du seggen, dat ik dormit oolt utseh?" „Nee, oolt nich, ober eben noch interessanter." - „Ach so!" sä he, as wenn he wohrhaftig verstohn hett, wat ik segg. Weer jo dat eerste Mol, wenn he foorts versteiht, wat ik meen. - „Denn meenst nich, dat de Boort mi to oolt mookt?" - „Ik heff mi dran wennt." - „Wat schall dat denn heten? „ bruus he op. „ Du hest di dran wennt, dat ik as so ,n olen Knacker utseh?" - „Na, büst doch een", rutsch mi ruut. „Over an den Boort liggt dat nich", heff ik noch gau seggt. Na, dor harr ik over een Fatt opmookt. He keek mi mit sien kohl raseert Gesicht an - dat vun Raseern ohnhen noch'n beten root un an manche Steden een beten blootversmeert weer - un denn güng dat loos. He stell sik op beide Been stockstief hen - dat deit he jümmers, wenn he in Brass kummt, holt dreemol deep Luft, lütte Paus un denn poltert he los. Denn is für mi de Tiet komen, wo ik ruutgoh orrer eenfach den Fernseher luder dreih. Bit he sik wedder beruhigt hett.

Wenn denn so veer bit fief Minuten lang nix mehr vun em to hören is - so lang mutt ik aftöven, bit he sik utschimpt hett. Ik glööv, düsse Tiet bruukt he, um sien Bregen wedder utrekent mit Suerstoff to versorgen. Also no ca. fief Minuten goh ik denn hen to em, strokel sien Arm un geev em een Söten op de Stirn. „Minsch Hinnerk, is doch jümmers wedder goot, wenn wi us utspreken doot, nich, mien Söten?" Un denn is Roh. Denn seggt he nix mehr. Ik glööv, Mannslüüd bruukt dat af un an. Se mööt düchtig op'n Disch hauen un ornlich rumkrakeelen. Wat se denn överhaupt nich afkööönt, is, wenn een denn noch wat dorgegen seggt. Bi mien Hinnerk is dat tominnst so. Nojo, ik heff em sik eerst „utkotzen" loten, as mien Söhn Jan seggt un denn „de Nette" ruutkehrt un all'ns weer wedder goot.

Jo, ober nu mol ehrlich. So'n frisch raseert Paviangesicht, as dat vun mien Hinnerk, dat kann doch wohl nich dat Beste in'n Mann ween. Wegen sien Paviangesicht harr ik em op jeden Fall domols nich heirood.

Dat gifft so veel in'n Leven,

Dat gifft so veel in'n Leven,
dat warrt' niemols nich geven.
Doch al mit den Gloven dran,
fangt't denn doch to leven an.

Höört sik tonächst no Tüünkroom an, or? Wenn't wat nich gifft, denn kann't ok nich leven. Meent is over wat anners: denn jede Sook hett een Anfang un meist geiht een Idee vörruut. Kann natüürlich ok dör een Tofall (orrer Schicksol as mancheen seggt) utlööst weern.

Over de mehrsten Daten sünd ut een Idee wussen. Kannst mennigmaal nich weten, of dat, wat een an Gloven hett, een Idee, een Inspiration, een Ingebung or bloots een Spinnefitis (even Tüünkroom) is. Dör den Gedanken an wat, wat du für unmööglich höllst, denkst dor denn over an, wo schöön dat doch weer, wenn't doch güng. Un büst al biestig op düsse Idee, denn söchst no Möglichkeiten un Weeg, wo du dat nich doch schaffen kannst, dat to verwürklichen. Un dormit fangt de Sook denn doch al an to leven. Dat heet nich, dat sik allens in Leven man bloots dör ordentlich nodenken lösen lett, over wenn du dat nich tominnst versöchst, kann ok nix passeern!

Dor weern fröher mol wecke, de hebbt ok nich glöövt, dat de Minsch flegen kann or op den Mond rumspazeeren deit.

„Dat gifft so veel in't Leben,
dat warrt' niemols nich geven... „

Düsse Snack hangt nu over nich bloots mit technische Erfindungen tosomen. Dor gifft dat noch een ganz annere Siet - de Leev! Wo veel Lüüd sitt dor mit trorigen Gedanken, wiel se meent, se sünd alleen. Se hebbt nüms, de jem leev hett or se sünd mit den falschen Partner tosomen or se leevt jeden Dag man so för sik hen, wiel dat jo al so is. De leeft, over kennt de Leev nich ! Leevt nich de Arbeit, leevt nich den Partner, leevt nich, wat se sonst so doot, leevt nich dat Leven. De schüllt sik doch mol een beten Tiet nehmen un nodenken, worüm dat so is. Worüm?

Sünd dat Soken, de du batz op de Steed ännern kannst? Denn man los! Or sünd dat Soken, de unmööglich to ännern sünd. Unmöglich sünd - or villicht bloots unmöglich schient?

„Dat gifft so veel in't Leben,
dat warrt' niemols nich geben."

Schall't nich villicht doch eenen Weg geven, dat to ännern? Wo kann de ween? Keen kann een helpen? Stell di man Frogen över Frogen - un villicht lett sik de een or annere Antwoort finnen.

„Doch al mit den Gloven dran... „
Nimm dien Leven in de Hand un giff dat Höpen nich op. Villicht findst so dien egen Weg un... - fangst denn sülvst to leven an!

❁❁❁

Dat Märken von een kloken Mann

Dor weer eenmol een kloken Mann,
de wüss, wenn he to swiegen hett.
He keek denn blots sien Fro mol an,
he nickt ehr to un lächelt nett.
To allens, wat se seggt, dor stimmt he to,
se is opletzt jo ok sien Fro.

Un mennigeen, de denkt villicht,
he hett keen egen Menen mehr .
Doch he hett dor'ne annere Sicht,
denn he geneet dat Swiegen sehr.
To allens, wat se seggt, dor stimmt he to,
se is opletzt jo ok sien Fro.

Denn wat schall he ok groot noch seggen,
wo se all sien Gedanken kennt.
He bruukt man blots to överleggen,
schon mookt se allens - un deit un rennt.
To allens, wat se seggt, dor stimmt he to,
se is opletzt jo ok sien Fro.

Toletzt bi siene Hochtiet weer't,
dat he dat eerste Woort bekeem.
Dat „Jo", dat weer ok nich verkehrt,

sietdem dor swiegt he ganz bequem.
To allens, wat se seggt, dor stimmt he to,
se is opletzt jo ok sien Fro.

Un löppt denn doch mol wat nich recht,
denn nimmt he ehr dat ok nich krumm,
denn fallt em in: „Dat weer wohl slecht!"
un denkt denn fix mol annersrum.
To allens, wat se seggt, dor stimmt he to,
se is opletzt jo ok sien Fro.

Wenn een den Mann so goot versteiht,
dat he ook Striet to'n Goden dreiht,
denn is he klook un wunnerbor ,
doch sowat kummt blots selten vor .
Klook snacken kannst licht-
klook swiegen meist nicht !

Oft verkehrt

In'n Leben löppt oft wat verkehrt,
doch is dat Argern meist nix wert,
denn blots mit Argern warrt' nich goot,
man bruukt nu Swung un neen Moot.

Noch mol von vörn, heet nich: torüch!
Von wo man start is, föhrt een Brüch,
no dorhen, wo man hüüt nu steiht.
Wat man uk mookt un wat man deit,
man hett de Chance, dat't beter geiht,
wenn man een annern Weg insleit.

Harvsttiet

Harvsttiet, Schummertiet -
nu is dat koolt, nu is't so wiet,
nu warrt de Fingers klamm un stief,
Hoosten röögt sik - un ok Snief.

För de Gesundheit is dat goot,
wenn een ok mol dat Huus verloot,
den Kopp mol in den Wind rinholt
un nich blots in de Bude smollt.

Pack di warm in un goh an'n Diek,
hol ganz deep Luft un kiek mol - kiek:
wo wiet dat Woter hüüt wohl kummt,
wat dor för Scheep de Elv langskummt?

Wo scheef de Lüüd den Wind nu trotzen,
op welke lachen, welke motzen?
So' n Wedder an'n Diek, dat is al wat,
kann licht passeern, dat du warrst natt.

Bi Regen orrer Storm vun boben,
vun ünnen kummt de Floot anstoben,
un de Wellen koomt noh un nöger,
de Woterstand warrt hooch un höger.

Doch trüch bruukst blots een Schritt to doon,
kannst seker op den Diek denn stohn,
Süh, all dat Gode schallst du weten:
den Storm in Harvst so recht geneten!

De Moorhex'

Ach wat mutt een foken vun bösen
Hexen hören oder lesen
so to'n, Bispill ok vun „Goor"
de dar leevt in'n Ahlenmoor.
„Goor" dat is een gräsig Wief,
hett blots Plünnen op den Lief,
lacht ganz schätterig, luut un böös,
mookt den starksten Kerl nervöös.

So will ik ju man vertellen
wo dat is mit ehr vergrellen
wo se sülvst de frömmsten Lüüd
de dar kamen vun Noord, or Süüd'
vun Oosten or Westen
schikaneert un hollt to'n Besten.
Jo, se mookt dat Leben swoor,
de ole Hex vun't Ahlenmoor!

De al arm un ohn Vermögen,
de mutt wat doon, de mutt sik rögen
un mit sien egen Hannen Kraft
tosehn, dat he sülvst wat schafft.
So plaagt sik Buer Bensen swoor,
boot sik een Huus, wo eenmol Moor,
hett Grobens togen, dat dat Natt
aflopen kann, so warrt dat wat.

Un luert bit allens drööq, un rennt
wenn't gor to drög, de Heide brennt
doch freit he sik, no't Füer dann,
wenn endlich he wat anseien kann.
Un plannt denn in den neen Goorn
Kortüffeln, Röben, manchet Koorn.
Doch allens fritt op de Hexe Goor
so wasst fast gor nix dor in't Moor.

Blots eens, dat will se nich geneten
dat loot se wassen: den Bookweten
somit blifft den Buersmann
blots Bookweten för sien Pann.

Jo, se mookt dat Leven swoor,
de ole Hex vun't Ahlenmoor.

As de Pastor kummt to Foot,
is de Freid bi Bensens groot.
So'n Besöök, mit Gottes Segen,
schall de Frömmigkeit belegen.
Un de Lüüd den Globen starken,
dat dör Steken, Pedden, Harken
düsset Moor dereenst warrrt goot
un jem spendet Broot statt Noot.

Dorum löppt de Herr Pastoor
vun de Kark vundaag dör't Moor,
löppt vergnöögt so vör sik hen:
hett blots Godes in den Sinn.
Doch de Hex, de ole Goor
kummt den Gottesmann tovor:
Niest ganz düchtig op de Wege
mookt se glitsch, vertuuscht de Stege,
so dat Pastoors Fööt warrn natt
sacken dool, warrn bruun un swatt.

Bit he ännert siene Reise
löppt nu dröög, jedoch im Kreise
so kummt denn de Gottesmann
leider Gottes - nie nich an.
„O jo, se mookt dat Leben swoor
de ole Hex vun't Ahlenmoor.

Kummt vun feern denn mol Besöök,
drifft de Hex mit jem Spijöök
denkt he sik: Nu goh man los,
loopst ganz week, peddst jo op Moos.
Geiht ganz sinnig, geiht spazeern,
denkt nich no, wat kann passeern,
will blots de Natuur geneten,
will vun Warnungen nix weten.

Denn töövt de Hex ne ganze Tiet,
doch op Mol denn is't so wiet,
denn fangt se an, dat Moor to lenken
deit dat Moos no ünnen senken
dat de arme Minsch erschrickt,
ünnergeiht, versuupt - erstickt!
Jo, se mookt dat Leven swoor
de ole Hex vun't Ahlenmoor!

To Wiehnachten...

To Wiehnachten meist jedet Johr
dor nehm ik mi dat Sülbe vor:
ik will de Tiet geneten
nich hetzen un nich sweten.
Rechttiets allens besorgen,
nix opschuven bit morgen.

Denn morgen löppt de Dag genau
so vull gepackt un ok so gau
mi dorvun, wenn ik't nich schaff
dat ik de Stunnen tohoop mi raff,
um endlich eenmol Roh to finnen:
mi op Wiehnacht to besinnen.

De Tiet is hillig – hillge Tiet
Wiehnachtsobend is nich mehr wiet.
Een jeder kann un mutt erkennen:
een mutt nich in Gedanken rennen
un smachten dorno wo dat wöör,
denn Wiehnacht steiht nich vor de Dör:
Wiehnacht liggt deep in uns in,
drum nehm di Tiet - un kiek no binn'n.

❄❄❄

Wenn du mol wat vör hest...

Wenn du mol wat vör hest,
wenn du doran denkst,
öberleggst, wo geiht op't Best,
di dat Gehirn verrenkst,

denn hool deep Luft
un holl mol still:
is wat ik wull
ok wat ik will?
Denk no, bevor du't mookst,
denk no, bevor du't mookst !

Mennigmol is wat passeert,
dat deit di loter leed.
Is de Sook eerst runjeneert,
is ok vörbi de Fred'n.

Denn hool deep Luft
un holl mol still:
is wat ik wull
ok wat ik will?
Denk no, bevor du't mookst,
denk no, bevor du't mookst!

Büst mol in di sülvst gefangen
un denkst, du schaffst dat nich,
loot den Kopp nich eenfach hangen,
opsteken dröffst du nich.

Denn hool deep Luft
un holl mol still:
is wat ik wull
ok wat ik will?
Denk no, bevor du't mookst,
denk no, bevor du't mookst !

Hest an'n End em doch noch funnen,
büst op den rechten Weg.
Frei di öber gode Stunnen
hest nu allns in de Reeg.
Un hool deep Luft
un holl mol still:
is wat ik wull
ok wat ik will?
Denk no, bevor du't mookst,
denk no, bevor du't mookst!

Werbung

Wat stimmt von Werbung överhaupt? Dat gifft jo een Werbung öber de Gesundheit. De wüllt dor in den Snack ok blots dat Beste für de Lüüd. Un denn wiest se in Fernsehen so Billers vun ole Minschen, de vergnöögt op'n Rad föhrt or sogoor barfoot bit to'n Kopp in'n Woter springt, wo annere mit dicke Jack an Strand spazeert un sik een afklappert, wiel dat jo so koolt is. Dor weet ik denn jümmers nich, keen vun de Lüüd eegentlich de Glücklicheren sünd: de Verrückten in'n Woter or de Beiden, de dor rumspazeert und freert.

Jo. Is al interessant düsse Werbung. Dor fallt mi noch wat in: Dat gifft jo noch eene Werbung. Dor vertellt se ok jümmers, dat se blots „das Beste" för een wüllt. Un denn snackt se blots noch vun Geld. Dor bün ik toeerst jo ok op rinfullen. Un dat bi mien egen Spoorkass! Se hebbt mi vertellt, wo goot se dat mit mi meent un denn hebbt se mi so'n Plastikkoort mitgeben. „Ganz eenfach", hett de Angestellte versproken. De bruukst blots vörwiesen, denn löppt dat. Bruukst gor nich mehr no de Bank hen un di mit dat Bargeld afslepen. Dat kann di denn ok nich verloren gohn un du spoorst dorbi!

Dat is denn doch een feine Sook, heff ik dacht. Un denn heff ik't utprobeert. Weer würklich ganz eenfach: Kannst jümmers, egol, wo du büst, inköpen gohn. Bruukst gor nich betohlen. Leggst blots de Plastikkoort op'n Disch. De treckt se dann dör so'n Slitz - as in de amerikoonschen Films, wenn se wat köpen doot or de Döörn dormit opmoken wüllt.

Och so, jo, unnerschrieven musst denn ok noch. Ober dat is denn ok allns. Ik heff ok nie nich een Reken no Huus kregen. Kannst mit de Koort sogoor Borgeld kriegen. Bruukst blots in so'n Automoten steken. Minsch, wat heff ik doch für'n Glückssträhn! Dach ik dormols tominnst. Man blots solang, bit op eenmol keen Geld mehr ut den Automoten keem. Schood, dach ik, de Glückssträhn is vörbi. Denn mutt ik eben in de Bank ringohn un so as fröher Geld vun mien Konto nehmen. Doch de nette lütte Deern keek so'n beten bedröppelt ut, as ik ehr no mien Geld fröög.

„Moment bitte. Da muss ich eben unseren Abteilungsleiter holen", sä se un tippel dorvun op ehre hochhackigen Schoh. Denn keem so'n öberstieven Mann mit düüstern Antog un kareerten Slips - wo kunn een bi dat swüle Weer blots so stief antrocken ween? - He keek mi fründlich an un vertell mi, dat ik de Spoorkass eerst mol een poor Dusend Euro trüchbetohlen schull. Denn so wulln se mi een neen Kredit geben.

„Dor hebbt Se sik versehn", sä ik. „Ik will keen Kredit opnehmen, ik will blots Geld afholen."
„ Ja, eben", anter de Slipsdräger een beten snippsch to mi. Denn snack he in hochdüütsch wieder: „Sie müssen zunächst einmal Ihre Schulden bezahlen."
„Wat för Schulden?", fröög ik, wo he dat meen." Ik heff nix anschrieven loten. Ik heff blots annerwegens inköfft un jümmer glieks betohlt."
„Ja, genau, mit der Karte!" anter de Sporkassenminsch.
„Ebens," sä ik.

De Karoslipsminsch wies op een Zeddel, wo een Tall vun öber 2000 stünn. „Das sind Ihre Außenstände, einschließlich der Zinsen. Die sind längst überfällig. Sie haben Ihr Konto überzogen!"
Ik weer al ganz brägenklöterig in'n Kopp. Wat? Wat? Wat tüdelt de dor? Wat för Außenstände? Meent he de Melkständ vun de Keuh dormit? Wat hebbt de dormit to doon?

„Wat für Tinsen meent Se? Un wat schall ik övertrocken hebben? Ik heff gor nix övertrocken. Bi dat Weer vundoog. Is doch so al veel to hitt buten."
Wo kann een Minsch blots so in Sweet kamen.
„Gute Frau", ünnerbreek mi de Mann mit barschen Ton, „Sie haben..." Un denn verklookfidel he mi eerstmol wat passeert weer un wo dat mit dat „fründliche" Angebot vun de Spoorkass würklich meent weer. Junge di. Dor heff ik mi eerstmol hinsetten musst.

Luftholen, dach ik, Luftholen. Un dat dä ik ok. Dreemol. Ganz deep. Ober schimpen, so as mien Hinnerk, kunn ik nich.
Ik weer ganz lütt. So lütt as so'n lütten Käver, de öber de Stroot löppt un jüst öbermangelt worrn is. So kann een dat gohn, wenn'n dat glöven deit, wat di in de Werbung vertellt warrt!

Dat Wunner in't Leven

Dat Wunner in't Leven,
dat warrt nie nich geven,
solang man blots mit Ogen kickt,
solang een Droom den annern gliekt,
solang man jümmer dorno söcht
un dat Dagdäägliche verflücht.

Kiek mit dat Hart mol in de Welt.
Acht op, wat sik in'n Weg di stellt,
bewunner wat de Alldag bringt,
geneet de Stille, wenn se klingt.

Schallst nich blots dat Besünnere leven,
uk annnerswat een Chance geven.
Goh mennigmol torüch een Stück,
denn finnst bestimmt dat grote Glück.

Jedoch een Wunner is dat eerst denn,
wenn du dat Glück uk erkennst -
jo, wenn - blots wenn ..!

Günter Rettmer

Cuxhoben

De Aptiet kann een jo vergohn

Man mag jo mennigmol nich mehr in uns Blatt rinkieken or bi't Puuschenkino tokieken, wenn al weller wat von Fleesch dor binnen steiht or mit Biller doröber bericht ward. Man kann doch bloots mit'n Kopp schütteln, wat sik Minschen infallen loot, üm ole, aflopen or sogor gammelige Fleeschwoor doch noch ünner de Lüüd to bringen. Ik mutt jo togeben, dat ik bi mien Inköpen vör gor nich lange Tiet dor uk mol op rinfullen bün un wat ut de besünnere Kist in de Eck mit no Huus nohmen harr, wat wi denn bi't negere Ankieken nich in den Kookpott steken hebbt. Mit de Ogen von Mannslüüd is dat woll ok'n beten sworer fasttostellen as mit Froonogen.

De öllern Lüüd ünner uns hebbt jo all Tieden mitmookt, as dat man wenig to eten geev un man för jedeen Tiet von veer Weken Lebensmiddelkoorten kriegen dä. De Koorten weern meist wichtiger bi't Inköpen as dat Geld, wat man för't Betohlen bruken dä. Egool wat man an Eten köpen dä, de lütten Stremel höörn dorto, op dat nu Zucker or Mehl or Fleesch or sonstwat to eten weer.

Ik weet allerdings jümmer noch, dat ik as Kind, wenn ik ut de School keem un öbern Strichweg no Huus lopen dä, bi den lütten Tante-Emma-Loden gegenöber von'n Strichweg-Sportplatz ringohn kunn, wenn ik denn'n poor Pennen in mien Taschen harr. Ohne Marken kunn ik dor nämlich'n lütt Tüüt mit Paniermehl köpen. To Huus besorg ik mi denn een Lepel vull Zucker un schütt den mang dat Paniermehl. Mit'n Lepel worr dat miteenanner vermengeleert, un so harr man statt Bontsche or Schokolood doch'n beten wat extra, wat tominnst sööt smecken dä.

Un bi dat Erinnern an de Tiet vör so vele Johrn stiggt mi jümmer weller een ganz besüüern Geruch in mien Nees hooch, ohn dat mi dat Woter in'n Mund tosomen lopen deit. Mien Tante Hanna wohn in't Middeldeel in Groden. Nich wiet von ehr af wohn een Familie mit'n Barg Kinner in mien Öller un jünger. Se harrn ok nich veel to bieten or to köpen, un mien Mudder harr Mitleed mit jem. Wenn ik ut Tüüch or Schoh rutwussen weer, pack se dat tosomen, wenn't noch enigermoten to bruken weer, un nehm dat mit no ehr Süster in Groden. Tante Hanna bröch den Büdel or dat Pakeet öber de Stroot un möök de Mudder un ehr velen Kinner dormit een Freud.

Ober as dat so is bi de Minschen, wenn jem wat schenkt ward, meent vele denn doch, dat se sik revancheern mööt. Dat dach mien Tante ehr Nobersch ok. As de slacht harrn (domools stünn woll in jedeen Stall von de lütten Siedlungshüüs een Swien), bröch se een goodlichen Swiensbroden röber no mien Tante. Se schull den Broden mitnehmen för mien Mudder as Dankeschöön för Tüüch un Schoh. Wi freuen uns düchtig, as wi dissen Broden to Gesicht kregen un freuen uns all op den Sünndagmiddag, wo he op unsen Kökendisch dampend stohn schull.

De Sünndagmorrn keem jo ok gau ran, un mien Mudder sett den Brodenpott op't Füür un pack dat schöne Stück Swienfleesch dor rin. Ober as dat Fleesch nu de Hitt to föhlen kreeg, steeg een Ruuch ut den Pott in uns Köök un in uns Nees. As wi den rüken dään, weer mien Mudder, miene twee Süsters un mi kloor, dat wi dissen Sünndag keen Swiensbroden eten wullen.

Dat Swien weer nich bloots in sien eersten Lebensmoond mit Fischmehl fodert worrn. Dat dään de meisten Lüüd, wenn se een Farken in'n Stall harrn. Nee, dat Swien in Groden weer mit gröne Heern, de man ok „Sniederkarpen" nömen dä, fodert worrn un Fleesch un Wuss harrn den Gesmack von't Fischmehl opnohmen. Mien Vadder freu sik. Em möök disse Gesmack nix ut un he harr dat ganze Stück Fleesch för sik alleen.

Dor froogt meenigeen Kurgast no

Wenn de Harvstsünn noch mool moi ut'n Heben lachen deit un man Lust kriggt, eenen Spazeergang or een Wannerung to ünnernehmen, bütt sik de Duhner Feldmark twüschen Fort Thomsen un de Nordheimstiftung, twüschen Galgenbarg un Neelandgewinnung op't Best dorto an. Een ganze Reeg von Weeg treckt sik twüschen de Weiden, Wischen un Ackers lang. Un an mennigeen Steed gifft dat de lütten Knicks mang de Stücken, de een beten Schuur geben doot, wenn de Wind puusten deit.

Wenn'n Pech hett, kummt een Trecker achter eenen ran or entgegen. Ober dat kummt nich foken vör, denn so veel Buurn sünd hüüttodoogs nich mehr in de Feldmark an'n Plögen un Eggen. Mennigeen Feld driggt nix mehr. Dor wasst bloots noch Gras un Kruut. Ober op disse Knicks stoht een ganzen Barg gröne Büsch un de een or anner Boom. Autofohrer fallt disse Büsch un Bööm sünnerlich op, wenn se von Holte-Spangen no Berensch or annersrüm föhren doot. Dat sünd de Drubenkirschen, de dor wassen doot. Wenn de Bööm oolt noog sünd, dreegt se ok feine Frücht.

Wenn dat so wiet is, dat disse Früchten riep sünd, schnapp ik mi eenen Fief-Liter-Ammel un een lütten Extra-Pott un söök mi eenen Drubenkirschenboom, üm de Drubenkirschen to plücken. De wasst gottloff nich as de richtigen Kirschen alleen or de tweet as Poor, de wi uns as Kind öber de Ohrn bummeln dään. Nee, de Drubenkirschen hier in't Feld wasst as de roden Johannesbeern un loot sik fein afstrippeln. Man hett so glieks een Handvull, de man in den Pott fallen lett. Wenn disse Pott denn vull is, kippt man den Inhalt in den Ammel. So'n Pott mookt den Ammel glieks een poor Zentimeter vull. Dat hett mi as Kind ok al Spooß mookt, wenn ik rode un swatte Jannsbeern plücken müss.

Bi disse Freetietsbeschäftigung ward man hen un weller ok mool von't Plücken afhollen, wenn Kurgäst bi jemme Wannerung op eenen stötten doot. „Was pflücken Sie denn da?" kriggt man meist jedeen Mool to hööṙn. Un denn kann man jem vertellen, wat dat för Früchten sünd un wat mien Fro dormit anstellen deit.

Wenn ik jem anbeden do, doch mool so'n Drubenkirsch to probeern, sünd de Froonslüüd mehrstens glieks to'n Smecken opleggt. Jemme Mannslüüd doot sik dor wat sworer mit.

As ik vör een poor Doog in mienen Brockhaus nokieken dä, worr ik doch öberrascht von dat, wat dor stohn dä:

„Traubenkirsche", Elexen, Elfenbusch oder Drachenbaum,
brunus padus - mitteleuropäische Auwälder.

Ober mien Fro verkloor mi, dat de Drubenkirschen in't Feld ut Amerika insleept worrn sünd. Se breed sik bi uns nu düchtig ut un loopt so jümmer wieder. Ik heff ok nix dorgegen, dat ik in'n Harvst in de Feldmark lopen kann or mutt, dormit mien Fro ehr leddigen Glöös weller för de Wintertiet opfüllen kann mit dat gootsmecken Drubenkirschen-Gelee, dat ok as lütt Mitbringsel or as lütte Goov bi Nobers un Bekannten goot ansehn is.

Helmut Riemer

Cuxhoben

Anfreten

Annalena wahnt mit ehr'n Mann Hinnerk in een lütt smucket Huus in uns schöne Stadt. Annerletzt harr se een Beleevnis, dat se so gau nich wedder vergeten warrt. In ehr Köök harr se siet Dagen so'n egenaardiges Gnistern un Gnaastern höört. Doch jümmer, wenn se in de Eck keek, woneem dat herkeem, weer rein nix ta sehn. Düsse Spöök güng Annalena al bi lütten op den Geist. Ehr'n Hinnerk harr se dat ok al vertellt. He harr dat aver foorts afdaan, harr sik bi't Lesen vun sien Zeitung kuum stören laten.

As jümmer harr he nich nipp un nau tohöört, as sien Annalena em vun de Spökels ut de Köök verdellen dä. Sien Piep in't Muul un de Nees in't Blatt harr he blots seggt: „Laat mi mit dien Narrenkraam in Roh!" Keek denn noch ganz kort in de Richt, wo sik de Geist opholl'n schull, un darmit weer för em de Saak to Enn.

Aver dat schull noch ganz anners kamen. Een paar Daag later, nadem Annalena ehr'n Hinnerk dat vun den Spijöök vertellt harr, dweert een lütte Muus de Köök un verkreep sik gau ünner dat ole Kökenschapp. Annalena, as vun een Blitz drapen, schmitt sik, sa as se lang is, op'n Buuk. Un dor süht se in de büterste Eck ok de lütte Muus. De kickt mit ehr lütten angsthaftigen Ogen liekto in de moordsgeilen Ogen vun Annalena. Wieldes krüppt de nu suutje op'n Buuk jümmer neger to dat Opper ran, de Ogen egaalweg fast op de Muus richt. Beide Arms kaamt nu jümmerto neger to de Steed, wo de Muus versöcht, sik noch mehr un mehr in de Eck ta verkrupen. Nu grippt Annalena to. Se hett de Muus!

Doch denn een Schrie: „Au! Au!" Annalena keem meist so gau wedder in de Hööchde, as se rünner kamen weer. Handook över de rechte Poot! In den Wiesfinger harr de Muus in ehr allerhööchste Noot rinbeten. Annalena smeet de Schört bisiet. Jack över - un denn leep se in Draff to ehr Fru Dokter. Bi de Anmellung seggte se blots: „Ik bün beten warrn! Ik mutt gau to de Fru Dokter!" As de Hölpersch vun de Fru Dokter noch fragen dä: „Un wokeen hett se denn beten?" Dar leggte Annalena sik över den Disch un suuster ehr liesen in't Ohr: „Een Muus!" Mit een Grientje güng de Hölpersche foorts to de Fru Dokter.

As denn de Fru Dokter Annalena in ehr'n Spreekruum reep, kunn ok se sik een Smuustern nich verkniepen. In'n Achtersteven kreeg se nu een Tetanus-Sprütt rinjoogt. Un denn kunn Annalena na den verlustigen Sieg wedder na Huus aftrecken.

To Huus wedder ankamen, kunn se sehn, dat de Köken - as ok de Bööndören open stünn'n. So weer dat nich verwunnerlich, dat de Muus den Wapen-Hoolstopp nütt harr üm uttoneihen.

Maanden later funn Annalena de lang vergetene, aver ganz un goor verdrögte Muus achter de Oken öp'n Böön. Verhungert weer de dore Muus. För Annalena weer dat sünnenklaar, dat dat de Muus weer, de ehr beten harr. Nu müß Annalena grienen, as se mit Handuhl un Schüffel de Muus wegbröch. Ganz liesen sä se noch to de dode Muus: „Nu kannst du mi nich mehr bieten. Dat hest du nu darvun!"

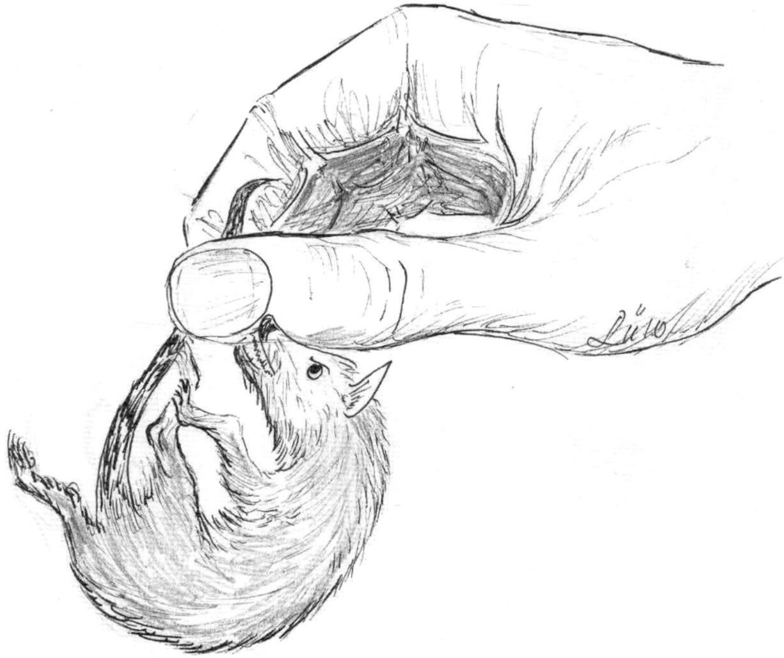

Irmgard Säland

Hemmoor

De Fohrt no Hannover

Der Fohrt no Hannover, de so schöön anfüng un denn - over dat will ik jo jüst vertellen - de liggt al vele Johr trüch. Ferientiet weer't. Un wat Gesa weer, de wull freen, merrn in'n Haumaand un ganz in Hannover.

„De Eier för den Hochtietskoken levert wi," harr Tante Herta seggt, „de sünd hier wat grötter, frischer un hebbt brune Schell."
De Vörbereiten för Gesa ehrn groten Dag weern vull in Gang. Wat för'n Glück uk, dat Gesa ehr Vadder noch sien olen VW-Bus harr. Dor pass all Mitgift von Gesa samt Fedderbetten, Geschenke von Noverslüüd, dat smucke Bruutkleed un de witten Schoh rin.

Denn kunn dat loosgahn na Hannover. Gesa ehr Vadder weer de Schofföör. Mudder un Tante Herta wullen natüürlich mit - un Gesa. Is jo kloor, wo doch ehr Brögam al so lang op ehr luer.

Tante Herta harr wedder ehrn stootschen witten Strohhoot op, ohn den se nich utföhr. Ehr düch nämlich, de möök ehr echt wat vörnehmer, harr de doch een extra brede Kremp un een fein swatt Samtband mit een Slööf ümto. Nich blots, wiel Tante Herta de 120 Eier mitbrocht harr, kreeg se den besten Platz in'n Bus, glieks blangen den Fohrer, nee, to Hauptsook wegen ehrn breden Achtersten. Dor harr se den meisten Platz.

Gesa, man blots een Strich in de Landschop, un ehr Mudder, von Statuur „so önnig weg", dröffen achtern twüschen Pött un Pannen sitten. Achter jem, hooch boben op de Fedderbetten, weern de 120 Eier von Tante Herta bruun, groot, frisch, jümmer 30 Stück op een Papp. Gesa ehr Vadder harr meent, dat weer de beste Platz, schöön afpolstert. Von ünnen kunn jem nix passeern, uk nich bi de dullste Ruckelee.

Allns güng goot - bit kort vör Hannover. Dor, as de Veer al von de Autobahn afböögt weern, dat Strotenploster wat holpriger worrn weer un se sik freun dään, dat de Eier so schöön afpolstert legen, keem jem een Trecker in de Queer. Dat Blinklicht funkschoneer nich un oppassen dä de Kutscher uk nich. Kotthannig böög he bats von sien Hoff rop op de Stroot, jüst vör den VW-Bus. Oh Mann! Dat Hart wull Gesa ehr Vadder stohn blieven. Dat harr uk in't Oog gohn kunnt.

Over op den VW kunst di verloten. De ole Bus brems as man wat un stünn! Twoors baller Tante Herta mit ehrn schönen witten Strohhoot mit de brede Kremp no vörn gegen de Windschutzschiev. Gesa un ehr Mudder reet dat von de Sitten. So ruck dat. Ansnallen weer dunntomolen noch nich anseggt. Gesa ehr Vadder harr liekers foorts wedder allns in'n Griff.

Blots de Eier nich! De kömen as een Geschoss von achtern, von de optörmten Fedderbetten över Gesa un ehr Mudder henweg no vörn katapulteert - akkroot op Tante Herta to. Ehr gresige Schree verroodt us Schreck un Arger togliek un güng dör Mark un Been. Mit lange, gele, backige Striepen, de sinnig von den schönen witten Strohhoot doolklackern dään, sehg Tante Herta ut as een Bild to'n Scheten. Op de tohoopdrückte Kremp von den vördem so smucken Hoot danz hoochkant de Pell von meist fofftig Eier hen un her. Un mit dat swatte Samtband, dat uk önnig wat von den Smeerkroom afkregen harr, sehg Tante Herta gor nich mehr vörnehm ut. Gesa kunn nich anners. Se pruust luut los bit ehr de Tronen kemen un se sik den Buuk holen müss.

Nodem denn de Sitten, de Footbodden, de Winschutzschiev un Tante Herta sülvst wedder een beten schier mookt worrn weern, kunnen sik Vadder un Mudder dat Grienen jümmer noch nich verkniepen. Tante Herta keem böös in Fohrt un arger sik, dat Gesa ehr Vadder von den Kladderadatsch nix afkregen harr. Wenn Gesa hüüt, vele Johrn later, von de Fohrt no Hannover vertellen deit, will dat Lachen jümmer noch keen End nehmen.

Arbeitsplatzwessel?

Ines is anstellt bi'n Arbeitsamt. Over ehr gefallt dat dor nich so goot. Dorüm denkt se över een Wessel no.

„Kumm du man mit no't Finanzamt", sleit Fründin Tanja ehr vör. „Dor herrscht een prima Arbeitsklima. Ik bün dor geern."

Ines hork op. Over se kickt sik eerst noch dat Horoskop för düsse Week an un leest: „Sollten Sie diese Woche Ihren Arbeitsplatz wechseln wollen, ist die Zeit günstig," steiht in't Blatt. No also, dat paßt jo.

Nu nix as hin no't Finanzamt un vörstellig warrn. Ehr Fründin leggt een goot Woort för ehr in. So kann Ines al bald anfangen. De eerste Dag steiht bevör. Ines, ganz hippelig, will ehr Fründin to Siet hebben. „Stoh mi blots bi, Tanja, anners kann ik woll glieks weller gohn," beddel se jümmerto. Dorbi klabaster ehr Hart so dull, dat se meen, jedereen kunn dat höörn. Tanja begöösch ehr un weet dat so intorichten, dat se beid in een Ruum to sitten koomt.

Gegen Middag mutt de Chef siene Opgoven in de Rehg bringen un sä to Ines: „Se köönt mi dat Telefoneern afnehmen. Over allns opschrieven! No, dat kennt se woll von't Arbeitsamt."
„Kloor, dat krieg ik hin," antert Ines trüchhöllern.

Kuum is de Chef buten, bimmelt dat Telefoon al. Ines langt no den Hörer un mellt sik as jümmer: „Arbeitsamt, Müller." So een Mallöör. Se markt glieks, wat dat scheef gohn is. An't anner End blifft dat still. Üm sik nich noch mehr to blameern, reckt se den Hörer ehr Fründin to. Un de seggt nu in't Telefoon: „Finanzamt, Fierabend." Man uk nu blifft dat still an't anner End.

Wokeen dat uk ween is, de mellt sik nich. Wohrschienlich denkt de, dat he sik verwählt hett or meent amenn, dat de Beiden nich recht klook sünd. Dorüm warrt he uk nich wies, dat de beiden Froon würklich so heten doot:
Ines Müller un Tanja Fierovend.

Un wenn du denkst, nu is Fierovend - nee, is eerst Middag.

Fred Würdemann

Beers

Dat „annere“ Water

Al in fröhern Tieden, vör tweedusend Jahren leevten in dat Rebeet twüschen Elv un Weser Minschen, toeerst Buern, later uk Fischer, Handwarker un Hannelslüüd. Dorvon tügen de Funde von de Feddersen Wierde in de Masch bi Wremen. Un doch weer allens so anners. Dat Land twüschen de Weser un den Geestrüch (Hohe Lieth) weer man knapp anderthalf Kilometer breet un graad foffteihn Kilometer lang. De Hööv von de Maschbuern weern op Wurten anleggt (Land der Wurten – Land Wursten). Man wenn de „Blanke Hans“ mit Noordweststörm keem un dat Land ohn Diek ünner Water sett harr, hett dat „Land ünner“ heten un männichmaal veele Dode un groten Verlust an Veeh un Hüüs geven.

„De nich will dieken, de mutt wieken!“ Un so sünd de Minschen bi gahn un hebbt mit jemehre Hannen, Schüffeln un Schuufkoren een Jahrdusendwark schafft: den Diek - un dat allens in een Tiet ohn Maschinen orrer anner Hölpsmiddel, de wi vondaag kennt. Dat so een Boewark denn veele Jahrn anduurt hett, versteiht sik von sülvst. Jem güng dat daarna aver beter. Se bruken de eersten dörtig Jahr nich düngen un kunnen von ehr fruchtbor Land rieklich Oornten inföhrn un harrn drallet Veeh op de Wischen.

Man uk laterhen noch, wenn hoge Brekers dat Water över den Diek püüstern un grote Placken von'n Diek eenfack wegspölen dään, hebbt de Minschen wedder nee un denn högere Dieken boen müßt. Un so is dat bit vondaag bleven. Över tachentig Stormfloten sünd registreert. Un jümmer wenn een Stück Diek dorbi tweigüng, hebbt Minschen Leven un Haav un Goot verloorn.

De Geestbuern seten hooch un dröög op ehre Hoffsteed. Aver ehr Land geev nich veel af. Ehr Veeh weer faken Huut un Knaken un ehr Koorn man klöterig. Dat is eerst beter worrn, as de Kunstdünger opkeem.

Annere, mit veel Kuraasch, güngen dat Moor to Lief. Dat weer een elennige Plackeree, dat Stück för Stück to kultiveern un rings üm ehre lütten Moorkaten een beten wat to'n Leven antoboen. Op de Oort is Hymendörp tostann kamen un wi kennt de Sprüch:
„To'n Leven to wenig, to'n Starven to veel“ - un uk:
„Den Eersten sien Dood, den Tweeten sien Noot, den Drüdden sien Broot!"

Wiet weg von de Küst, merrn twüschen Elv un Weser, dat Rebeet in't Cuxland, wat wi as Sietland kennt, geev un gifft dat uk Moor. Hento kummt, dat düt Land so deep - deels ünnern Meeresspegel - liggen deit, dat elk een Winter un sogoor wenn't sömmers stark regent hett, uk denn „Land ünner" to vermellen weer. So kunnen de Minschen winterdaags, wenn dat Steen un Been froren harr, blots mit Striedschoh un anner Tiet mit'n Boot na Beers orrer anner Öörd kamen.

In'n 19.Jahrhunnert schull daarwegen een Kanaal boet warrn. Man dat hett sik jümmer wedder un veele Jahrn hentogen. To de Tiet keem Heinrich Böse, een rieken Zuckerfabrikanten ut Bremen na Beers. He harr allens verköfft wat em tohöörn dä un wull sik egens an'n Bodensee to Roh setten. Man vörher harr he noch een Inlodung von een Fründ annohmen, mit em in Holterborg bi Beers (Waldgebiet Holzurburg beim heutigen Bad Bederkesa) to jagen. As he de Landschop över See, Masch, Geest, Holt un Moor von'n Möhlenbarg ut bekeek, hett he stantepee in Beers een groot Stück Land köfft un sien Olensitt daar nahmen.

Sien Huus stünn open för veelerlei Visiten un Besöker. Daarto höörn uk de Marschendichter Hermann Allmers ut Rechtenfleth un Hoffmann von Fallersleben. De Dree weern een Sinn över dat Bedüden von Freeheit.

Mit egen Middel un heemlich hett Heinrich Böse een „Jäger-Korps" opstellt un ünnerhollen un is denn de Hauptmann ween, ofschoonst he sik goot mit den französchen Präfekten stellt harr. Dat aver blots, üm an wichtige Informatschonen to kamen. In de Masch langs de Elv geev dat in'n Lentmaand anno 1813 Opstände. Von Beers ut hett Böse den Wedderpart organiseert. Un as denn Napoleon siene Suldaten wiet in Oosten wat op't Fell kregen harrn un de Rest von de grote Armee na Frankriek trüch strömen dä, is Hauptmann Böse, as se em blots noch nöhmen dään, mit sien Jäger-Korps bit na Lille achterran marscheert.

Nöörden sien neen Heimaatsitt Beers sehg he dat Elend un de Plaag mit dat Water von de Lüüd in'n Sietland. So stünn sien Huus uk open för arme Lüüd, an de he Koorn un Fleesch verdelen leet. Dat hölp för den Ogenblick. Man he wull Afhölp schaffen, de von Duer weer.

Un so hett he mit all Lüüd, de wat to seggen harrn in dat Rebeet twüschen Elv un Weser bit hen na Staad snackt un se amenn daarto bröcht, dat endlich de Kanaal boet worrn is un dat leidige Water mit Hölp von Pumpstatschonen dör een Slüüs bi Oterndörp in Hadeln in de Elv stüürt warrn kunn.

In sein Huus hett 1877 de Familie von den Heimaatforscher Dr. Jan Bohls een Kroog opmaakt un em den Naam „Waldschlößchen" geven. Daarvon kummt uk de Duppelnaam „Waldschlößchen Bösehof". Siet 1957 beweertschop de Familie Manke dat wiet över dat Cuxland ruut bekannte ****Huus un hett een Hotel anboet, wo op een Wandtafel an den Hauptmann Böse erinnert warrt, de von sein Egen rieklich un geern geven hett und den Kanaalboe in de Gang „Hauptmann-Böse-Straat", „Hermann-Allmerst-Straat", „Jan-Bohls-Weg" und „Hoffmann-von Fallersleben-Straat".

„Water is to'n Waschen daar, man uk to'n Tähnen putzen, kann man dat benutzen". So klingt dat in een bekannt Leed. Un uk dat Water to'n Drinken is notwennig för all Planten, Minschen un Deerten. Ohn solk Water gifft' keen Leven nich.

Wenn aver dat „annere" Water een lütten Beek, de jüst even noch kommodig daarhen plötert is, unvermodens to een tasen Stroom warrn lett, de allns mit sik rieten deit orrer Dieken breken lett, denn bedüüd dat uk hüüttodaags jümmer noch Noot un Dood.

De Kripp' is leer

Dat güng al op den Avend an,
as ik in use Kark gah rin.
Ik güng bit an de Kripp' ganz ran,
un wull mi dor wat still besinn'.

Jüst as ik nu to sitten kaam,
do höör ik ielig Schreed.
De Küster weer't, de keem dor an
un bröch den Paster uk glieks mit.

„Wat nu?" so dach ik in mien Sinn.
De Küster reep: „Oh Gott!"
Se keken in de Krippe rin:
Dat Jesuskind weer fort.

De Paster kunn dat nich verstahn,
sien Blick güng hen un wedder her.
Dat Jesuskind kunn doch nich gahn.
Un doch, de Kripp' weer leer.

Op eenmaal knarrt de Karkendöör.
Use Harten worrn ganz warm.
Een lütten Jung stünn in de Döör
un haal dat Jesuskind in'n Arm.

Sien Ogen weern hell un blank,
de Hoor op'n Kopp so kruus.
Een Roller stell he an de Karkenbank.
Denn sä he free un luut:

„Dat Christkind hett mi'n Roller brocht.
Is de nich wunnerschöön?
Een paar Runden heff ik mit' Christkind maakt.
Dat hett dat doch verdeent!"

Urfassung in Rheinisch-Bergischer Mundart
Verfasser unbekannt
Niederdeutsch von Fred Würdemann

Wiehnacht is

De grote Ogenblick, op den all wekenlang tostüürt hebbt, de Bescherung, weer vörbi. Se harrn vörher een dannigen Erpel un Rootkohl to ehr egen Kartüffeln op'n Disch hatt un achterran Schokoladenpudding mit hackte Nöötstücken binnen, wieldat de Kinner sik dat wünscht harrn. Gedicht opseggen weer nich mehr so in Mood, aver denn tominnst een Wiehnachtsleed tosamen singen. Dor harr Oma Guste op bestahn. Dat sünd denn sogor dree worrn, wenn se sik uk bi dat drüdde Leed de letzte Stroph schenkt hebbt. Hendrik weer doch al to hibbelig un gor nich mehr bi de Saak.

Hendrik un sien Vadder weern op'n Footbodden togang. De Beiden harrn Hendrik sien nee Iesenbahn opboot un Vadder wies em nu egaalweg, wo he, wannehr, welken Knoop drücken schull, dormit de Tog uk „richtig" föhrn deit. Dat sien Vadder em bi't Opboen holpen harr, weer em ja recht ween. So güng dat wat gauer un de Beiden harrn sogor veel Spaaß daarbi hatt. Man anners, swoor weer dat egens nich ween. Dat harr he uk alleen schafft, düch Hendrik. Un överhaupt, nu harr he noog von solkeen Spaaß. He wull to geern sülvst bestimmen, wo sien Iesenbahn to föhrn harr.

As wenn he üm Hölp söken dä, keek Hendrik in de Rund. Swaantje, sien öllern Süster harr een Labtop kregen. Mudder Elke keek ehr över de Schuller. De Beiden facksimpeln miteenanner. He keek na Oma Guste hen. Ehre Ogen sehn ut, as weer se gor nich dor, as weer se in een anner Welt, as se dor in ehrn Stohl seet, de Fööt op een polsterten Hocker hoochleggt. Hendrik plieröög noch maal na sien Vadder un dach: „Goot, dat Papa glieks na Wiehnachten wedder na Arbeit mutt. Denn heff ik de Iesenbahn för mi alleen. Hauptsaak, he maakt mi bit dorhen mit siene groten Hannen nich al wat kaputt."

Hendrik schoof een Stohl blangen Oma un sett sik rop: „Oma, freust du di gor nich? Büst du nich tofreden mit diene Geschenken?"
„Doch, mien Jung. Bün ik! De Hocker is wunnerbor, wenn ik von langen Stahn wedder maal dicke Fööt kregen heff un dat elektrisch Heizküssen schall mi wiß goot doon, wenn mi dat Rheuma plagen deit."
„Du sühst aver so truurig ut."
„Dat süht blots so ut, Jung. Ik heff mi jüst op de Wiehnachten besinnt, as dien Vadder so oolt weer as du vondaag. Un an de Wiehnachten, as ik Kind weer."

Hendrik wull lachen un wunner sik. Oma een Kind or sien Vadder so oolt as he. Dat gifft dat ja gor nich. Aver dat Lachen bleef em in'n Hals steken. Stimmt ja, Papa is dat Kind von Oma, is Oma ehr Söhn. Oma harr een Jung kregen, sien Papa. Aver Omas kriegt doch gor keen Kinner - harr he ja noch nie nich höört. Or is Oma to de Tiet amenn gor keen Oma ween, sünnern een Fro as sien Mudder hüüt? Komisch dat.

„Oma, vertell wieder. Ik mutt dat nu weten," drängel Hendrik. „Hett Papa uk een Iesenbahn hatt? Hebbt ji uk so een groten Boom mit so veele Kersen an hatt? Un..."
Oma Guste brems sien Fragen af un fung an, daarvon to vertellen, dat fröher för jem de Wiehnachtstiet uk de hele Adventstiet anduert hett. Man nich so as vondaag mit all den Glitzerkraam un de velen Lichter in de Schaufinstern un Wiehnachtsmann ut Schokolaad al Maanden vörher. Nee, dat weer allns wat stiller in de Koophüüs un tohuus, meen se.

Al lang harr Swaantje dat Labtop toklappt un luuster mit ehr Mudder von'n Stuvendisch röver Oma Guste ehr Vertellen to. „Wi harrn uk veel Arbeit mit de Wäsch. De müss vör Wiehnachten ja sauber in Schapp ween. Een Waschmaschien stünn nich praat un so'n Ding, dat de Wäsch wedder dröög puusten deit, harrn wi uk nich. Daaglang hung Wäsch op Lienen in'n Floor, in de Stuuv vör'n Kachelaven, in de Köök över'n Heerd un överall sünst, woneem Platz weer. „Twüschen de Jahrn" worr nich wuschen! Un dat hele Huus müss putzt warrn. In de frisch putzte Stuuv keem denn bit Wiehnachten nüms mehr rin. De Koken un Keksen heff ik sülvst backt. Dat röök so herrlich dör't ganze Huus. Dat much dien Opa so geern. Peppernööt un Honnigkoken müssen een paar Daag liggen. Denn harrn de eerst den rechten Smack. Un ut söte Manneln kunn een prima Marzipaan maken."

„Oma, sünd ji denn jümmer blots in'n Huus togang ween?"
„Nee wat. Wi hebbt us uk de Geschenken al lang vör Wiehnachten besorgt. Denn hett jedereen de versteken un dat weer't. Miene Saken kunn ik in de afslaten Stuuv leggen. Den Slötel harr ik jümmer bi mi in de Kittelschört. Un jüst so müss ik dat uk mit de Keksdosen maken. Anners weer dor Wiehnachten nix mehr in ween, wieldat Opa un dien Vadder un siene Bröder jüst solke Naschkater weern as du. Aver, Jung, dat Schenken weer nich de Hauptsaak bi us. Wenn avends mit Törf richtig inbööt weer, seten wi üm den groten Kökendisch un hebbt een Wiehnachtsgedicht lehrt, wat leest, in Radio een Adventsendung höört or Strohsteerns un Engels bastelt un so männicheen Wiehnachtsleed dorbi sungen, wieldeß de Kersen, echte Kersen, op'n Adventskranz lüchten.

Anner Licht weer nich an. Un wenn wi denn so'n lütten Dannentelgen op den gleunigen Heerd leggen dröffen, weer dat een herrlichen Duft in de Köök. Klaar, wi harrn uk Wünsch an den Wiehnachtsmann, een Roller, een Poppenstuuv, een Sleden, een Trommel un veel anner Saken mehr. Man wenn mien Vadder dat maal to dull worrn is, denn fröög he, of wi den Sinn von de Wiehnachtsgeschicht nich begrepen or blots vergeten harrn."

Dat liese Geröter von de elektrisch Iesenbahn weer al lang verstummt. Alleen, ohn sien Jung, harr Lüder Gerdts nich mehr lang Gefallen an de Iesenbahn hatt. Jüst nu keem he mit fief Glöös Flederbeergrog un Spekulatius op'n Tablett in de Stuuv. Mudder Elke möök grote Ogen, keek ehrn Mann an un wull wat seggen. Man de sä foorts: „Bliev ruhig, is Grog mit ohne wat in. Köönt wi all tosamen drinken."

„Oma, vertell wieder! Wat weer noch anners as vondaag?"
„Wenn wi vör de Bescherung in de Kark gahn sünd, weer dat jümmer sünners schöön, denn meisttiets leeg hooch Snee to Wiehnachten. Egens schaad, dat ji vondaag kuum noch maal een plattdüütsch Gedicht opseggen or use schönen plattdüütschen Wiehnachtsleder singen köönt. Un elektrisch Kersen harrn Opa un ik nich hebben wullt. So'n neemoodschen Kraam is doch keen Spier fierlich." Dorbi keek Oma Guste ehrn Söhn un Swegerdochter an. „De richtigen Kersen, de ut Waß, all enkelt anmaken, dat alleen weer een Zeremonie. Ik weer nich bang vör Kersenwaß op'n Footbodden. Kunn man doch Popier ünnerleggen. Un wenn doch, harr ik keen Problem dormit: afkratzen, schrubben, bohnern un de Bodden weer wedder schier."

„Oma, segg, sünd wi arme Lüüd ?" sinneer Hendrik.
„Nee, mien Jung. Arm sünd de, welke toveel wünscht."

❅❅❅

Een Jahr is üm

Een Jahr is üm - sliekt sik daarvon heel sacht.
Un ik denk mi männicheen Nacht:

Weer mi uk nich allens recht,
weer't doch mehr goot as slecht.

Bün gesund, heff Wahnung, jümmer noog Broot,
denn geiht mi dat doch goot.

So wünsch ik för dat nee Jahr:
Een jeden de mi kennt,
teihmaal dat, wat he mi gönnt.

Glossar

Aanweder	Unwetter
akroot/akraat	genau
Alarmstoop	Alarmstufe
allerwenk	überall
amenn	schließlich
Ammer/Ammel	Eimer
anruut	angerauht
Antog	Anzug
Backaavt	Backobst
Baas	Chef
bannig	sehr
bats	plötzlich
Barken	Birken
Bedreger	Betrüger
Bedrullje	Schwierigkeiten
Beester	Jung-Rinder
begöschen	beruhigen/besänftigen
behott	behutsam
bemöten	begegnen
benaut	hier: niedergeschlagen
Binner	Krawatte
blangen	neben
Blatt	Tageszeitung
Blööt	Blüte
Bregen	Gehirn, Verstand
Bült	Haufen
Dannentelgen	Tannenzweige
dannig/dennig	kräftig, von rechter Beschaffenheit
Deerten in'n Holt	Tiere im Wald
dick von Dook	voller Nebel
Dönz	gute Stube
Dragbänner	Hosenträger
drammen	drängeln
druven	Trauben
dunntomalen	damals
Escher	Spaten

Flaag	Fläche, Stelle, Gebiet
Fliet	Fleiß
Freer	Frieden
Fröhjohrsbaden	Frühlingsboten
füünsch	wütend
Gnaastern	Knurren
Gedüür	Geduld
gnickern	kichern
Gnistern	Knistern
Goorn	Garten
gries	grau
Groon un Gresen	Grauen, Schauder
Grüpp	Graben
gruveln	Grübeln
Handuul	Handfeger
Hasselnööt	Haselnüsse
Hauoornt	Heuernte
heel	ganz
hild	eilig
Hill	Boden
Höög	Freude
Hollerbusch	Hollunder
Holschen	Holzschuh
Holt	Wald
Haavk / Hoovk	Habicht
Huulbessen	Staubsauger
jaulig	weinerlich
jiddelig	zappelig
jiepen	piepen
jiepern	verlangen, gieren
Jüchen	Geräuchertes
Käver / Kävers	Käfer
karjolen	schnell fahren
kaschen	greifen
keen Spier Vertroon	keine Spur Vertrauen
Kimm	Horizont
Kledoosch	Kleidung
Klöör, Klören	Farbe, Farben

Klüterbaas	Bastler
Knipp	Geldbörse
Knööv	Kraft
Koort	Karte
Kraasch	Mut, Kraft, Courage
Kröger	Gastwirt
Krüder	Gewürzkräuter
Leegheit	Böses, Falsches, Unrecht
Lengen	Verlangen, Sehnsucht
Lentmaand	März
lickmulen	mit der Zunge um den Mund lecken
liekers	trotzdem
Loofdeek	Laubdecke
Lueree	Warterei
Lüttje Krööt	„kleine Kröte"
Maag	Magen
Maleschen	Schwierigkeiten
marachen	schwer arbeiten
Meß	Messer
minnachtig	verächtlich
möör mürbe	
morrn	morgen
nipp (nipp un nau)	genau
önnig	ordentlich
Oken	Raum zw. Boden und Dachsparren
Oornt/Aarnt	Ernte
Opdrag	Auftrag
Opgaav	Aufgabe
opleevst	am liebsten
obsternaatsch	eigenwillig, störrisch
opslogen	aufgeschlagen
Parlenboom	Perlenbaum
Pick	Pech
Placken	Fleck
plierögen	blinzeln
plietsch	aufgeweckt, pfiffig
pottjemonottje	Geldbörse
prenkeln	drucken

püük	sauber, fein, tadellos
pußaftig	aus der Puste
Putzbüdel	Friseur
quengeln	betteln
quesen	nörgeln
Rebeet	Gebiet
Rietsticken	Streichhölzer
riev	großzügig
Rootsteert	anderer Name für den Fuchs
rötern	klappern
Rükelbusch	Blumenstrauß
runjeneert	ruiniert
Rüsch	Binsen
rusig	unfreundlich, nasskalt, rauh
Schapp	Schrank
Schell	hier: Schale
schietig	schmutzig
Schört	Schürze
Schummeree	Dämmerung
Schuur	Scheune
Sietland	Tiefland
simmeleern	nachdenken
slieken	Schleichen
Slööf	Schleife
Sluurfuust	Linkshänder, Linkspootsch
smustergrienen	grinsen
Soot	Brunnen
SpierSpur/	ein wenig
Spökels	Gespensterkram
Spreekruum	Spechzimmer
staatsch	stattlich
stantepee	sogleich
strakeln	streicheln
Stremel	Strecke
Striedschoh	Schlittschuh
strüven	sträuben, sich.....
Stroomteller	Stromzähler
stüttig	beständig
stuken	schubsen

suustern	flüstern
swiestern	flüstern
Swulken	Schwalben
tachentig	achtzig
tarren	reißen, zerren
tasen Stroom	tosendes Wasser / tosender Fluß
to riev	hier: zu sorglos, zu großzügig (reibe)
Töövstuuv	Wartezimmer
Töverboom	Zauberbaum
Treed	Schritt
trüchhöllern	zurückhaltend
tüchen	züchten
twaars / twoors	zwar
Tweeschen	Zwillinge
Twievel	Zweifel
utkniepen	abhauen (auskneifen)
utneihen	weglaufen
verfehren	sich erschrecken
vergeevs	vergebens
vergrellt	erzürnt
vermückert	schwächlich, verkümmert
vermünnern	erholen
vertörnen	zanken
Visiet	Besuch
Wapen-Hoolstopp	Waffenstillstand
Wedderpart	Widerstand
Wehdaag / Wehdoog	Schmerzen, Leiden
Wiepeldoorns	Heckenrose
Wisch / Wischen	Weide, Wiese / Weiden, Wiesen
wrangelig	zappelig
Wried	Strauchwerk
wrucken	sich abmühen
wunnerwarken	wundern, bewundern

De Schrieverslüüd

Elsbeth Allers,
Landfro,
Neenkarken
1920 - 2007

Horst Bäckermann,
Töllner, Bexhövd
1929 in Ollenborg

Anna Birreck,
Huusfro, Frelsdörp
1934 in Frelsdörp

Anneliese Braasch,
Kabarettistin,
Stemmen
1935 in Hamborg

Hinrich Gerken,
Schoolmester,
Harsfeld
1931 in Veern

Liselotte Greife,
Erzieherin,
Lünborg
1924-2009

Heinz Großmann,
Schoolmester
Bremerhaben
1943 in Wien

Marie-Luise
Hoppe
Huusfro, Wanna
1936 in Tarms

Günter Lührs
Landweert,
Frelsdörp
1939
Bremerhaben
(hett de Biller maalt)

Herbert Ehlers,
Holtkoopmann,
Bremerhaben
1929 in
Geestmünd

Beate Putzig
Dipl.-Verwaltungswirtin
Oterndörp
1964 in Bremerhaben

Anka Hüchting
Landfro,
Heers
1932 in
Querenstede

Irmgard Säland
Koopfro, Hemmoor
1936 in Hemmoor

Helmut Riemer,
Koopmann,
Cuxhaben
1935 in Kiel

Günter Rettmer
Schoolmester,
Cuxhaben
1929 in Cuxhaben

Fred Würdemann
Dipl.-Verwaltungs-
wirt, Beers
1939 in
Bremerhaben

De vörigen veer Schrieverkring-Anthologien

1999
ISBN 3-931771-32-6
(vergriffen)

2001
ISBN 3-931771-43-2

2004
ISBN 3-89995-086-0
(vergriffen)

2005
ISBN 3-89995-222-7
(vergriffen)

2007
ISBN 978-3-89995-445-6
(vergriffen)